孙亚胜 ◎ 著

红尘偶记

Hongchen Ouji

中山大學出版社
·广州·

版权所有　翻印必究

图书在版编目（CIP）数据

红尘偶记/孙亚胜著. —广州：中山大学出版社，2021.6
ISBN 978-7-306-07108-8

Ⅰ.①红… Ⅱ.①孙… Ⅲ.①中国文学—当代文学—作品综合集 Ⅳ.①I217.2

中国版本图书馆 CIP 数据核字（2021）第 023254 号

HONGCHEN OUJI

出 版 人：	王天琪
策划编辑：	熊锡源
责任编辑：	熊锡源
封面设计：	林绵华
内文插图：	张启华　孙春夏　孙玉芹　杨旭
责任校对：	姜星宇
责任技编：	何雅涛
出版发行：	中山大学出版社
电　　话：	编辑部 020-84111997，84113349，84111996，
	发行部 020-84111998，84111981，84111160
地　　址：	广州市新港西路 135 号
邮　　编：	510275　　　传　真：020-84036565
网　　址：	http://www.zsup.com.cn　E-mail:zdcbs@mail.sysu.edu.cn
印 刷 者：	广州一龙印刷有限公司
规　　格：	880mm×1230mm　1/32　9.25 印张　200 千字
版次印次：	2021 年 6 月第 1 版　2021 年 6 月第 1 次印刷
定　　价：	35.00 元

如发现本书因印装质量影响阅读，请与出版社发行部联系调换

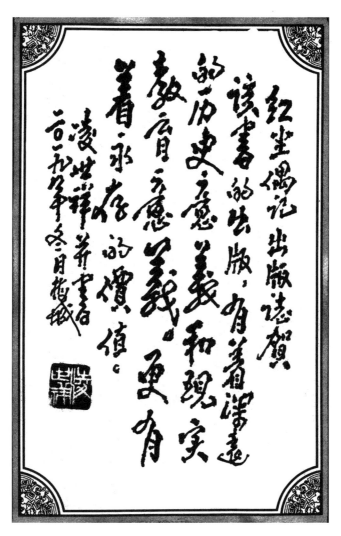

吴川市政协文史提案科原科长、作家凌世祥先生题

红尘滚滚来去皆利欲功名去也任风偶记人间荣辱事长留凶隐世后谈中

孙亚滕诗红尘偶记云

时为己亥初冬于吴江

林慕征

中国书法家协会会员林慕征先生书

题 《红尘偶记》

红尘滚滚来无踪，利欲功名去似风。
偶记人间荣辱事，长留后世笑谈中。

人来到世间，于宇宙而言，只不过是飘浮在空中的一粒缥缈的尘埃，来去匆匆，无踪无影，一闪即逝。所有的得失荣辱，生不带来，死不带走。但是，人就是这么怪：人无百岁寿，想尽千年计。于是就有了五彩纷呈的世态和人生，于是就有了我这本《红尘偶记》。

2019 年初冬

红尘中两种积极的人生态度 （代序）

人生没有"如果"

人生就像一盘棋，落子无悔，通常走错一步，就满盘皆输。所以，我们每走一步，都要仔细地思考我们走出这一步的结果，而不是在事后说："如果我知道结果是这样的话，我就……"人生没有"如果"，落下的棋子已是定局，走过的路不能重来。回望过去，我们只能研究、借鉴、缅怀，说再多的"如果"，也无法改变什么。"如果"只是懦弱的人没有抓住机会或者放弃机会后的自我安慰。是的，他们所说的"如果"的确是存在的，他们曾经面临过各种机会和可能。但是，当他们选择袖手旁观的时候、选择懈怠冷漠的时候，便注定他们要失去机会甚至是要失败的了。"如果"这个假设是他们满心悔恨的表现，也是他们在空想的表现，甚至是他们自命不凡的一种借口。

"如果"是一种逃避失败的消极的态度。昔日鸿门宴上，范增多次暗示项羽杀死刘邦，但项羽因为一时之仁，没有听范增的话，后来刘邦运用自己的聪明才智及无数愿意为他卖命的贤才的计谋，终于打败了项羽，统一中国。而项羽，只能在"无颜面对江东父老"的叹息声中自刎于乌江。或许这位楚霸王临死前想的，正是："如果我当时杀了刘邦，现在

红尘偶记

就不会落到如此地步了。"但是,"如果"只能是"如果",从他决定放走刘邦的那一刻开始,就注定了这个结局。

　　生命的历程充满了"如果",但是,强者不相信"如果"。司马迁不相信"如果",所以他在受尽宫刑后,并没有沉湎于过去,沉湎在悔恨中,而是提起笔,写出了被称为"史家之绝唱,无韵之《离骚》"的《史记》。越王勾践不相信"如果",在国破家亡后,卧薪尝胆,终大败吴军,成为中原霸主。

　　漫漫人生长河,只有向前,只有实践、实干。我们无法预测未来,却能把握现在;我们无法改变过去,但可以计划未来。不要再对着昨天说"如果"。让我们从现在开始,脚踏实地走好人生的每一步,当举步向前迈进时,请仔细斟酌,然后落好每一颗人生的棋子。

快乐就好

　　20世纪80年代中期,本人在教育岗位上已经工作几年了,那时一个月的工资只有百余元,一年下来也只有一两千元,而我的同学、邻居们骑着破单车往珠江三角洲转几圈,一年下来就有一两万元,成为名副其实的万元户(万元户在当时是让人羡慕的人家)。有些朋友笑着对我说:你如果出去走走,不会比他们差吧。我笑说:也许吧。自参加工作以来,平常一有空闲,我就坐下来写写自己的见闻感受,因此,也常常有人问我:你写这些东西有多少报酬啊?我笑说:如果能发表,有一百几十元吧,如果发不出去,一钱不值。我

红尘中两种积极的人生态度（代序）

心静如水，就是喜欢干自己喜爱的事情（当然，肯定是道德和法纪允许的）。

物欲横流，世态炎凉，不值钱的情爱充斥各个旮旯。在这样的社会里，能够忙里偷闲静坐下来写写自己想说的话，发泄发泄心中的情绪，是一件痛快的事情；同样，能够忙里偷闲地欣赏一些健康的文艺作品（不是那些"娱乐至死"的东西），看几部抵抗外敌入侵的影视作品，心情更是舒畅，常常晃动在眼前的嘴脸、搁置在心中的得失就灰飞烟灭了。这样，就不会为一生的清贫感到不安，就不会为别人的冷眼感到渺小，就不会在权贵面前感到没有底气。勇士在沙场驰骋，在敌人的刀枪面前视死如归，不就是为了保卫国家、捍卫做人的尊严和自由吗？今天，我们有国也有家了，做人更应有骨气和尊严！

人生就是这样：健康，就是本钱；快乐，就是意义。何必去看别人的脸色做人？他官居高位，于我何干？他大富大贵，于我何益？我虽辛辛苦苦，奔奔波波，但是，问心无愧。幸福，是要靠我们自己创造的，不是靠别人施舍的；幸福，是内心的感受与体会，而不是取决于物质和享受的多少。因此，我们没有理由妄自菲薄，奴颜婢膝。我们要活出个人样来，做个顶天立地的人！

晚清政治家林则徐在府衙题联："海纳百川，有容乃大；壁立千仞，无欲则刚。"是的，虎落平川，当"到此一游"；龙游浅水，是"动心忍性"！得饶人处且饶人，何必不可一世？须"吾日三省吾身"：我伤天害理吗？我损人利己吗？我受欢迎吗？不亏心，睡觉何怕夜敲门？能自得，陋室不羡

 红尘偶记

宴高楼！一日能三餐，粗茶淡饭心意足，山珍海味何必羡！一生有几个知己足矣，闲聚阔谈天地，遥隔互道平安，也惬意抒怀。何必羡慕别人门前车水马龙，身前身后笑脸欢拥！一个人只有身体是自己的，何必伤心激气，何必谋划千年计！权贵面前不折腰，财富面前保本色。无欲则刚！我们是大千世界之一员，相信"天生我材必有用"！

　　日子是平淡的，开心而幸福；别人的是别人的，世界是大家的。我遗憾吗？我后悔吗？我无怨无悔。我完全无需看别人的脸色而活着。挺起胸膛，在广阔的天地里——蓝天、绿水、空气、青山、草原……他们拥有的并不比我们多！世界这个大舞台，我们也扮演着重要的角色！劳动人民是创造世界历史的动力！相信自己，乐观面对人生。

作者
2021 年 5 月

目 录

上编： 红尘志异

两只阉鸡的力量 …………………………………… /3
一封"人"字的情信 ………………………………… /6
烧酒搞错了 ………………………………………… /8
非洲鲫不除肠脏最好 ……………………………… /10
姻缘 ………………………………………………… /12
深山凤飞 …………………………………………… /19
跌跤 ………………………………………………… /34
四喜临门 …………………………………………… /38
书记和小偷的故事 ………………………………… /47
理发 ………………………………………………… /53
爱的梦 ……………………………………………… /56
市长的小说 ………………………………………… /66
牛郎织女架桥记 …………………………………… /69
鸡鸭贩子 …………………………………………… /82

远亲不如近邻 ……………………………………… /85
铁窗，不平静的心 ……………………………… /94
月是故乡明 ……………………………………… /97
新婚之喜 ………………………………………… /103
权钱与婚烟 ……………………………………… /105
孙悟空解甲归田 ………………………………… /110
求神三部曲 ……………………………………… /119
"鸟"老师，"猪"老师 ………………………… /122
发廊妹阿香和阿姗 ……………………………… /126
阿九 ……………………………………………… /130
智叟之死 ………………………………………… /136
官瘾 ……………………………………………… /139
阿混父子传奇 …………………………………… /141
吴川民间的送穷日 ……………………………… /148
收米簿 …………………………………………… /150
疯狗 ……………………………………………… /153

中编： 民俗故事

"圣母"冼夫人 ………………………………… /157
    附：郑华星先生随感录 ……………………… /163
贤宦高力士 ……………………………………… /165
学宫门前的"龙"与"虎" ……………………… /175
东春轩 …………………………………………… /178
嫉恨贪官如仇敌 ………………………………… /181

"状元糕"的故事	/184
穷孩子和老先生	/187
梁柱题诗	/189
尿壶命	/193
马骝听鼓箸	/195
附：弘扬劏狗六爹精神是时代的需要	/198
退兵计	/202
鲤鱼岭的传说	/204
杀蛇除害	/207
苦楝树	/209
落第书生与待嫁小姐	/212
吟诗买菠菜	/214
算命佬的本事	/216
牛的传说	/220
苍蝇和蚊子	/223
右丞相妙计救庶民	/225
菩萨道歉	/227

下编： 浮生琐记

读小学时写的一篇大字报	/235
电影情结	/239
捉青蛙	/243
1976年那场洪灾，我在学校农场	/247
"官"同学	/252

不惑之年好困惑……………………………………/255
怀念母亲……………………………………………/258
进城随感……………………………………………/263
不做贾平凹笔下那五类作家………………………/266
高考独木桥…………………………………………/270

后　　记……………………………………………/273

鸣　　谢……………………………………………/275

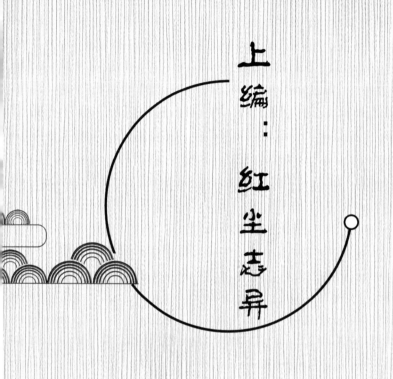

上编：红尘志异

两只阉鸡的力量①

嘟——吱！一辆载重四吨的汽车在坡陡不到20度的坎下死火了。一个身穿坚固尼工作服的青年司机从驾驶室里跳了下来，顺手拿下鼻梁上的太阳镜，绷着脸瞧瞧前面的斜坡，又瞄瞄汽车的轮子，再望望车厢。"对不起，"他转身对着正走下副驾驶室的我和我们的大队长说，"实在没有办法，汽车负载太重，这个坡太陡，驶不过去了。"②

啊！驶不过去，不就要在此卸货了？虽然从这儿再翻过两道山坡，便能到达我们大队新建的榨油行，但车上是两台笨重的榨油机，这得需要多少人来将它卸下，又得需要多少人才能把它搬到两里地的油行？我感到头痛了。"哦，也许他……"我猛然省悟，给大队长递了个眼色，大队长明白了我的意思，快快地走了。

我勉强堆起笑脸，说："司机同志，先不要管它，我们

---

① 原载《江门文艺》1983年第2期。
② 故事发生在"文化大革命"时期，那时候没有个体运输专业户，只有国家或集体所有制的汽车运输队。

红尘偶记

回村吃了午饭再说。"司机点头同意了。

大队部的厨房冒起了浓烈的炊烟。忙了一个中午,当司机掏出手帕抹掉嘴角上的油腻准备走出大队部时,我拿出了大队长刚买来的两只阉鸡,堆起笑脸说:"司机同志,一路辛苦您了,没有什么酬谢,这两只阉鸡,您就收下罢。"

"这怎么行?"他显出为难的样子。

"小意思,请不要嫌弃,以后还请多多帮忙呢。"天哪!我的嘴脸是跟谁换的?我的嘴巴竟这么甜!

他不再推让了,两只阉鸡被缚住双脚,拴住翅膀放进了驾驶室。

"榨油机是重了点,如果车子实在是驶不过去的话,请您稍等一下,我就发动人来卸下。"

"我再试一试,看能不能冲过去。"

哒……发动机起动了,他把车后退至坡谷,然后,向前——换挡——加大油门——死火。可惜,只差十多米!再一次后退——向前——换挡——加大油门——还是死火。他从驾驶室里探出头来对我点点头,似乎是在安慰我。于是,他又后退——向前——换挡——加大油门,车尾一阵阵浓烟,越吐越浓,嘟——竟然冲过去了!只有抛下的浓烟打着圈圈,越来越淡,越来越淡,最后不见了。

"不出所料。"大队长摇着头,叹着气。跟来的几个干部也相对着苦笑。何足为怪呢,人吃饱了才有力量,汽车也要"吃饱"啊!有了两只阉鸡,当然劲头足了。唉,两只阉鸡的力量,顶多少人的力气啊……

两只阉鸡的力量

一封"人"字的情信①

20世纪60年代末期,吴川县②某公社有一对相爱了几年的青年男女,男的当兵服役三年后被安排在县城工作。不久,男青年由于环境变了,地位高了,认为自己的身价也高了,于是想抛弃在农村的未婚妻,开始对她冷淡了。未婚妻知道了这件事儿后,当即真诚坦率、直言不讳地给他写了一封情信。信是这样写的:

人是咁个人,问你爱人呢不爱人,不爱人就讲知人。冇讲你是国家的工人就高级过人。人家门口日日有人来求人。你是人恋人,人从来不做负心人。有情人,生活一起才是幸福的人,无情人,夫妻亦变仇人,日后争吵苦煞人。你想做薄情人,地位变,抛弃人。人穷能够变富人,人贵有日成贱人。心上人,你应慎重想想人,回念我们是情人。要是狠心人,死活不爱人,快快讲知人,人家趁早揾过人。

---

① 原载广东《法制画报》1987年第6期。
② 吴川县,1994年5月撤县设市,今叫吴川市。

一封"人"字的情信

读完这封信后,一个豪爽、乐观、爱情专一、胸襟开阔的农村姑娘的形象展现在我们的眼前。

她的未婚夫看后大为感动,认识到自己花心的错误,立即摆开信纸给她写了一封倾吐肺腑的长长的回信……

烧酒搞错了

20世纪六七十年代,农村人能当兵是最荣幸不过了,因为退伍后可以安排工作,跳出"农门",有了"铁饭碗",吃穿住无忧。当时流行着一句顺口溜:有仔当兵冇忧冇老婆,上睇下睇冇要得咁多。可见当时人们对军人的羡慕。

1970年初秋,退伍军人阿光回乡已将近一年了,多次询问,民政局也没有安排工作的意向。今天问,说"未考虑";明天问,说"未研究";后天问,局长干脆说"没有单位接收"。阿光当然明白,"空手入门",局长是"不吠"的。

阿光一气之下,想出了一出恶作剧来。一天,他找来了两个空茅台酒瓶,灌满两瓶子牛尿,直上民政局局长家。这回还未等阿光开口,局长便笑眯眯地说:"我就给你开介绍信。"要知道,两瓶茅台酒的价值在当时是一个天文数字。

阿光终于拿到介绍信往单位报到了。

过了几日,局长家里来了客人,局长便高兴地请客人品尝他的茅台酒。当美馔佳肴端上宴席,局长打开那瓶茅台酒时,一股臭气冲口而出,那场面,大家可以想象是什么样子了。

烧酒搞错了

局长当即气冲冲地打电话到阿光报到的单位:"喂喂,是主任吗?近日安排这个阿光到你单位是搞错了。"阿光刚报到,在办公室,恰巧主任有事走出门口,他便抓起听筒,听完后,慢条斯理地说:"局长同志,阿光没有搞错,是那两瓶烧酒搞错了。"说完即轻轻地放下了电话,他脸上露出一丝狡黠的笑。

非洲鲫不除肠脏最好

　　20世纪70年代初期，粤西某公社由于执行极左路线，所有的耕地都"以粮为纲"了，也就是农村干部断章取义地理解毛泽东主席的语录，不管水田还是旱田一律种上水稻，结果农业生产歉收，农民的生活非常困难，朝不保晚米。只有几个大队干部家里的镬儿①香香，如副大队长秦伟峰就经常朝鱼晚肉地往家里背②，群众恨透了他。

　　却说村里有一个单身汉，名字叫鲁冲，贫农出身，根正苗红，是个天不怕地不怕的人。三十多岁了，因贫困娶不到媳妇。这天他在村头的榕树下乘凉，见到秦伟峰从外面提着两条非洲鲫鱼回来，心中就想捉弄他一下，便故意高声对在树下乘凉的各位邻居说："大家吃过非洲鲫鱼吗？很少吃吧，是呀，日后谁能吃上非洲鲫，最好是不杀肚取肠脏，整条鱼放在煲里煲熟的好吃，鱼的肠肚还有药用价值呢。胆汁可以治肺痨，肠子可以补腰肾，有机会大家不妨试一试。"这番

---

① 镬，铁锅。
② 背，方言，"拎"的意思，用手提东西。

非洲鲫不除肠脏最好

话被走在不远处的秦伟峰听到了。他想:"有这等事?我好似是肾水虚,经常腰酸骨痛,何不试一试。"于是,他一回到家,便将鱼洗一洗,鳞也不刮,就放在瓦煲里煲了。待煲熟后,就用筷子夹一块肉来吃,可是哪能下咽!苦味、屎味熏街臭巷,他想:"是不是良药苦口利于病?"便硬着头皮吃下去。慢慢地又觉得不对路:"是不是鲁冲这个契弟故意作弄我呢?"可是又不敢说出来,怕人家耻笑他。

平常威风惯了的人,这口气堵塞在心中,多不舒服!但是有什么办法呢?人家鲁冲光棍一人,是个地地道道的贫下中农,响当当的革命群众,你能拿他怎么样?真是哑巴吃黄连,有苦难言。

姻　　缘

一、勾妹

20世纪70年代初期，鉴西村的茂文是一个远近有名的人物。那时他20多岁，身材中等略显瘦削，脸部的五官轮廓很一般化，家庭生活也与其他的农民一样贫穷，没有特别的优势。他的出名却是爱好摆靓扮威，喜欢走村串巷去勾妹①。这种喜好在今天来说是很不值一谈的——君不见现在在大街上、大道边常有些年轻的男仔一见到一些长得较美的姑娘走过就大声叫："喂！靓女，你肯嫁畀我吗？"甚至有一些刚发育不久的男学生见到年轻的女老师居然敢问："×老师，你受勾吗？"但在当时的中国农村，时值"文化大革命"期间，天天讲阶级斗争、政治斗争，讲抓革命、促生产，谈情说爱是资产阶级思想的表现，是要遭批判的。有谁敢冒天下之大不韪？茂文却不管这么多，生产队收工后，他便草草吃完稀

---

① 勾妹，粤语方言，男性通过向女性示好以达到追求的目的，也就是普通话里的"泡妞"。

姻　缘

粥就进行认真洗漱，洒一些头油在头发上，用梳子梳得有条不紊，光可照人，然后往有大姑娘人家的家中串。说他具有动物本性——喜欢异性是可以的，但要说他有资产阶级思想表现，就是找不出证据说他同哪个姑娘谈上恋爱，他夜串通宵厚着脸皮往姑娘堆中钻，也只是谈天说地，从他的东拉西扯的言谈中也看不出有什么"爱情"。他想姑娘，但缺少中国人具有的含蓄、委婉、暗示性的言谈，更没有今天西方人那种直接说"我爱你"的胆量。那么姑娘们对他的态度如何呢？心情不好的姑娘见了他老远就躲开了，心情好的姑娘们就拿他作开心果。他日日乐于奔命。他常常在走路时拿出小圆镜来照，然后就用梳子或手指梳拨头发，审视自己的脸容一会儿后就自言自语地说："咁个仔！咁个仔忧冇老婆？"有好事者便编了一首打油诗来取笑他：

茂文仔，爱制威①，
吃完晚饭勾妹子。
左手夹烟仔②，右手拿火机；
圆镜照着脸，手指拨着头，
见了姑娘搏命挤。

可是夜串通宵，茂文连续"奋战"了好几年，蟾蜍、青蛙不知踩死了多少只，也追不到一个姑娘。有好事者问一个

---

① 制威，吴川方言，刻意地装靓扮美之意。
② 烟仔，吴川方言，香烟。

红尘偶记

他曾追得最长时间的姑娘,个中原因是什么。姑娘说:"他每晚到来就是扯天说地,自以为熟知天下世间的东西,而实际上讲话牛头不搭马嘴。要不就是叫煲宵夜①,他便自告奋勇地跑出去,到田野里偷生产队的花生、番薯、白豆……这种人,哼!他生得四正,讲话好听,衫袋插四支水笔我都未肯答应。"看来,当时的农村姑娘还是很传统、很纯朴的,崇尚有文化、有知识的青年。茂文只读过两年小学,"丁"字也未知往哪一边挑勾,还不具备勾妹的本钱、手段和方法。

二、结婚

但茂文并不泄气。他开始改变策略,由"文攻"转变为"武卫"。他知道,姑娘喜欢嫁给富裕人家做媳妇这一共性是没有改变的。于是他开始紧锣密鼓地策划"武卫"的方案。茂文居住的屋子是只有占地面积70多平方米的一间泥砖盖瓦房子,门前有一宽阔的空地。那时农村人如果攒积了几分钱,便是自己动手挖泥打砖坯自己烧砖建房子。如果哪一户人家能建一间"四檐齐"②红砖到顶的瓦房,在当地便是最有钱的人家了。茂文的邻居六叔正开始打砖坯烧砖,茂文就装作好心地对六叔说:"六叔准备烧多少窑红砖?你只管将红砖堆放在我家门前的空地上,以免到时拆屋再建时阻手碍脚的。"六叔听说,巴不得啊!就将三万块红砖堆叠在他家的

---

① 宵夜,或夜宵,粤语方言,晚上再去吃的夜餐。
② 四檐齐,吴川农村房屋结构的一种。四周墙壁都是红砖到顶的房屋。旧时,大多数人家建的都是泥砖屋,故能建造"四檐齐"房屋的只有富裕人家。

姻　缘

门前。茂文的第二项工作就是将家里的五大油缸都装上谷壳，然后在上面放一层薄薄的稻谷。一切准备就绪，就去对媒人婆三姑说："三姑呀，你做了一世媒婆，撮合了不知多少对夫妻，今次便给我介绍一个姑娘吧，到时候带姑娘来'睇屋舍'① 时就说门前的红砖是我的，正准备建新房子；家里还有五大油缸稻谷，一年四季粮食吃有余。"三姑说："到时'穿煲②'了我如何交代？"茂文笑着说："你还好认真呢！你的媒人钱有几个不是靠两头吹吹骗骗撮合而得来的！如果事成，我给你五百元谢媒钱。"当时的一百元抵上今天近万元钱用啊！媒人婆一听，有这么多谢媒钱，就满口承应了。

过几天，三姑果真带来一个姑娘到茂文家"睇屋舍"。

凭三姑这三寸不烂之舌一吹："你睇人家生得几有型有款，身体多么结实，就是抬石头也能揾食。现在住的虽是泥砖屋，但已烧了几万块红砖，建屋材料基本备齐了。现在青黄不接时家里还有几大油缸稻谷，生活很富裕呀，这么好的人家子弟不嫁，还嫁给谁呀？"姑娘见到眼前这一切，觉得媒婆的话在理，因此，在来往两次后就同意这门亲事。

茂文见姑娘眉清目秀，体态轻盈，早就垂涎三尺了。婚礼定于农历七月初十举行。

---

① 睇屋舍，粤西吴川一带的青年男女谈婚论嫁的第一次相睇见面的活动，它包含着两层意义：一是男女双方人家看对象是否中意；二是女家看男家的房屋财产有多少。

② 穿煲，即"穿帮"，真相大白。

红尘偶记

三、 婚变

姑娘来自偏远山村,名叫杏花。婚礼当天,场面热闹非常,杏花很高兴,但也有一些不满意。

茂文是个爱面子的人,他悭钱借债把这婚礼搞得热热闹闹,请齐上下三村的那一批有自行车的青年们做他的迎亲队伍,大家骑着自行车浩浩荡荡地开向女家,载着嫁妆、新娘、送嫁姨,浩浩荡荡地开回来,多风光!晚上摆了30桌酒席,这在当时当地是够有排场的了。新娘杏花不满意的是,你这么富裕,为什么当时最兴的"三转一响"(手表、自行车、缝纫机、收音机)新婚物品一件也没有添置!新娘刚过门,不好说什么。

一夜无话。

三朝舅的到来,姑爷及家公家婆、阿叔伯爹穿给小舅子的衫带①一总也不超过20元,小气到让人心寒,杏花这时鼓了一肚子气,恼怒已写在脸上。待到小舅子回家后,杏花即走到那五大油缸前,打开缸盖,用手插入缸里一翻,"你这个骗子!"顿时伤心激气得大哭起来。

往后的日子便是三日两头的争吵和斗气。杏花还是具有中国人的传统品德的,"嫁鸡随鸡,嫁狗随狗",没有闹过离婚或离家出走什么的,也没有在外面和别的男人传什么绯闻。这样磕磕碰碰地生下了两个孩子,磕磕绊绊地一同生活到20

---

① 衫带:吴川方言,长辈给小辈打赏的金钱。

姻 缘

 红尘偶记

世纪80年代。

某日,杏花一初中女同学打扮得花枝招展地来探访,说她刚从深圳回来,改革开放了,深圳揾钱最容易,问她想不想去。杏花一听,心动了,巴不得借这个机会离开这个"死人头"。当晚便拾掇好衣服,次日一早就同这个同学一齐上深圳了。

一月过去了,没有信寄回来。半年过去了,只寄一信:"我在深圳一切皆好,勿念。"并附寄上三千元。年关到了,茂文不知写了多少封信催促她回来,杏花信也不回,只是寄回一万元钱。过年了,茂文询问村中的一些从深圳打工回来的人,有人说,有时见她涂着口红,搽着指甲油,文眉画眼,穿着"皇帝的新装"出入于发廊或夜总会之间。茂文只有无奈地绷紧脸。

世事真是复杂难料啊!很多东西如果不主动去追求永远也得不到,而茂文对姑娘的穷追猛赶也有好几年了,始终追不到,最后还得靠媒妁之言的吹嘘和自己的刻意欺骗,才能得到手。这是什么原因呢?喜大好高,吹吹骗骗,这样的婚姻有什么幸福可言?没感情的婚姻最终是会发生婚变,是走不下去的。茂文追劲可嘉,骗法可恨。如果不是骗,妻子会狠心抛夫弃子离开家庭?会甘愿堕落为风尘女子?

幸好这只是婚姻中的个别案例而已!

深山凤飞[①]

一

抚荣市公安局的治安科科长向祖瑞真的要做晚婚的表率吗？——他今年已31岁了。

不知内情的人也许以为他积极响应政府"晚婚晚育"的计划生育号召，其实他已焦急到茶饭不沾了。嗳，31岁的生日已过，本来，在这样的日子里，应该是无忧无虑、欢欢快快地享受生活了，你看周围的同龄人，而立之年的生辰喜宴风风光光地摆起来了：丈母娘挑起那担细粉和猪肉重重地担来；小舅子小姨子一件件礼物送来；亲戚朋友一群群前来祝贺并光临喜宴；天真活泼的儿女不停地叫爸爸……可是他没有这些。连一个感觉中意的女朋友的影子都没有，哪来这些？说实在的，他不喜欢大搞排场，但是人的年纪一过了30岁，就会感觉日子过得很快，再不娶老婆，头发就不能饶你地慢

[①] 本文作于1988年。

红尘偶记

慢花白起来。向祖瑞实在是不能不为这些事情费神了。

　　一个堂堂正正的公安局科长,身高一米八十,高大威猛,眼睛炯炯有神,一表人物;文化才学呢,也不少,做了三年的民办老师,被推荐读了中师,写得一手好字,口才了得,官场宦海里练就一套过硬的为人处世本领,竟找不到一个女人做老婆,这真的有点怪了。然而,细细想来,也不奇怪:治安科长,职位不算小,在社会上也有一定的地位,结交了很多朋友,比起普通老百姓来说是不简单了,但是,婚姻这东西,你想她,她不一定想你;她想你,你不一定想她,怎么能成事呢?别以为有学问有一定的社会地位,娶老婆就是一件容易的事,君不见现在的报刊刊登的征婚启事,大都是有着中专大学以上学历、有一定地位和作为的人物。何况向祖瑞历来有个"三不娶"的择妻标准:不漂亮者不娶,无大学毕业文凭者不娶,不门当户对者不娶。他还有一个更偏见的目光,就是死盯住城市姑娘,总觉得城市姑娘比农村姑娘俊俏、诱人、富有异性美。有人曾从本市介绍几个从农村出来工作的姑娘给他,他都不屑一顾。这样,年复一年,光阴无情地把他抛到了31岁,他开始焦急、烦躁了。

二

　　怪哉!经过几番奔波周折,最终,他还是挑选了农村姑娘,这就完全出乎人们意料之外了。历来很挑剔的向祖瑞为何突然爱上了农村姑娘?他不是从来瞧不起农村来的姑娘吗?而且对照他这"三不娶"标准,除开漂亮外,另两条根本不

深山凤飞

沾边。这也不奇怪，辩证唯物主义认为，人的思想是在不断转变的嘛。

姑娘叫白凤飞，她肯定是不简单的，要不，怎么能让科长向祖瑞看中？她刚21岁，家住本市龙山村，去年高中毕业，本想复习一年再参加高考，怎奈家庭经济不允许，只好委屈在家了。她那窈窕姿色遐迩闻名，你看她蛾眉秀丽，凤眼似一泓清澈的湖水，晶莹、含情，虽然生长在深山老林中的农村，经受日晒雨淋，但她天姿丽质，白里透红的脸蛋虽然常在烈日下暴晒，却显得更加粉红、更加迷人；那隆起的胸脯伴着匀称的身躯，走起路来微微舞动，实是"一顾倾人城，再顾倾人国"，城市姑娘不可比，吴国西施也相形见绌。

她不但美丽出名，见识与才学也不逊色，去年高考，只差2分就入围。她那小小的朱唇一启，给人就像诗一样的享受。事实上她读书的时候，就是文科特长，她爱好文学，有时也学着写几首小诗，特别是那些爱情诗，犹如窦一虎①的迷魂沙一样撒到哪个帅哥眼里都会被迷住。那些裁剪绣花之类手艺，她当然手到擒来了。这样的深山凤凰，一般猎手是不轻易打得下的。她周围远近的人们都跃跃欲试，可是一个个托媒求亲，都让她婉言拒绝了。"你生得四正，讲话好听，衫袋插四支水笔我都未肯答应！"有时，她看到一批批媒人前来做介绍和不自量力的男人前来献殷勤，烦躁极了，就这样没好气地说。

不过，你这样一个地地道道的乡下农村出身的姑娘，没

---

① 窦一虎，著名小说《薛丁山征西》中的人物，是樊梨花手下的爱将。

· 21 ·

红尘偶记

有城市居民户籍,没有红米簿①,能飞得多远?然而,她真的如愿以偿了,她被公安局向科长看中。她宣告将要结束农村生活,走入繁华的闹市,当上抚荣市向科长的夫人。

三

"有情千里也相留",一点不假,向祖瑞哪里想到会在龙山村找到一个这样满意的姑娘呢!"'自古姻缘天定,不用人力谋求',近年来思妻的苦恼实在是多余了。"几天来,向祖瑞不时欣喜地这样自言自语。姻缘的确是前世注定的,以往最不迷信的向科长也都这样喏喏地说了。要是没有在她的山村里出现那宗离奇的杀人案,要是他不接受调查此案的任务,或者要是那天白凤飞不出现在他的面前,他怎么能认识她呢?要是他还死死盯住城市姑娘,他如今又是什么情况?……这岂不是"良缘由夙缔,佳偶自天成"?

近日来,向科长心情格外舒畅,看他的脸色,仿佛年轻了十岁。每当闲暇,白凤飞的形象就在他的脑海浮现:那咧开的樱桃小口,那深深的酒窝……。兴奋的时候,思绪自然就悠悠忽忽地回到了与她"邂逅"的那天——

一辆如飞的警车在颠簸的山道中戛然停在一个姑娘的身旁。"请问,"全副公安侦查打扮的向祖瑞从警车上探出头来,"龙山乡党支部书记叫什么名字?"

这个姑娘就是白凤飞。她本能地颤抖了一下,对着这突

---

① 红米簿,20世纪50到80年代中国非农业人口拥有的"城镇居民粮油供应证",外面的胶皮封面大都是红色的,故叫红米簿。

深山凤飞

如其来的一切,露出了只有少女慌乱时才有的胆怯神态。她毕竟是读书人,见识广,不像那些三个大门不出的没见过世面的人。她很快镇静下来,吐出清脆软绵的女中音:"找书记吗?他叫白雄齐,我们是邻居。"

这时,向祖瑞全身的骨头都软了。那久渴的目光在白凤飞的身上直溜。一只这样的凤凰藏在这样的山窝里!向祖瑞的思绪像断了线的风筝,几乎忘记了他是来干什么的。他六神无主,七魂颠倒,加上那银铃般的、能使飞鸟停下的声音一击,差点儿从车门跌下来。好久,才还过魂来:"他在哪里?"

"这条大路直通乡政府,你先到乡政府问一问,如果不在的话,可以到他家里去,乡政府北面就是我们的村子。"

"谢谢。"

警车直驶到乡政府,只需要三分钟,一路上,那宗杀人案已被向祖端抛到脑后,他开始思考怎样侦查新的"案情":刚才那个姑娘的姓名、年龄、学识、性格、家庭……

他从书记入手。当天,他便完全查清了姑娘的"案情",科长的目光不简单,推理也非常准确,想象与调查结果吻合。俗话说,男才女貌,这么秀气的白凤飞配上科长,真是天设一对,地配一双,何况她并不"稍逊风骚"。她是一个站得稳、靠得住的纯朴姑娘,假若在"文革"时期,她一定被推荐去读大学了,岂能让你当事人有半点拖沓!只是历史车轮滚滚向前,高考已恢复,进入了20世纪80年代。

近来,向祖瑞已提高了认识:人们心目中觉得城市姑娘比农村姑娘美好是由于当时的环境形势以及人们的陈旧观念

 红尘偶记

造成的,城市姑娘不一定就那么好,农村姑娘不一定就那么平庸。再说,今天还需要考究出身和地位吗?凭着他科长的能力,可以不费余力地把这座围城打开,任他把姑娘安插到抚荣市什么的全民所有制单位都行,有权就有一切!只要她真的像白书记说的有这么多才学,相信她工作以后,加上向科长的眼色,就可以"坐上直升飞机"一飞冲天了。

"不过,不能让她爬到我的头上去,"向祖瑞想,"要防止她不老实。"

事情的开展、发展和未来,他都想过了,总之,娶她是满意的。

因此,在第二天收兵回市前,他找白书记谈了两个小时。

"白书记,两天来打扰了。"向祖瑞一跨进白书记的门就客气地说。

"向科长好,这是我应该做的。请坐请坐。"白雄齐正准备吃早饭,见他来了连忙客气地让座。

一阵寒暄过后,两人坐定了。

白雄齐是聪明人,他早就明白向科长费神打听白凤飞的目的。"他可能未找到对象,也许妻子刚死。"白雄齐认真地思考着,"要不,他打听白凤飞干什么?岂不是想娶她做老婆!不管怎样,白凤飞嫁给他是荣幸的,也是我们山村的荣幸。假若我这个红娘做得成功,将来,他说不定会恩赐,我这书记……何不趁现在的机会探一探究竟?"

"向科长,你觉得白凤飞这孩子有前途吗?"白雄齐堆起笑脸对刚打火抽烟的向祖瑞说。

"我正想就这个问题同你谈一谈。"向科长吐出满口烟

雾，慢腾腾地开腔。

"好说，好说。"

"干我们这一行很有风险，白书记，你是清楚的。社会上有些人对我们不大瞧不起，——你大概还不知道吧，我还是个光棍呢，哈哈……"向祖瑞突然毫不隐讳地这样说。一切都明白了。"哦？"白书记故作愕然。

"不过，"向祖瑞不笑了，在他的脸上出现了科长的尊严，"我是不会轻易给自己找累赘的。"

"当然罗。"

"今次见到白凤飞，觉得她蛮可以的。"

"行了，这个红娘我是做定了。"这时白书记内心喜悦得不得了。把他俩撮合了，就是我白雄齐立下了一大功劳，以后，有科长这大树遮阴，什么事都好办了，晋升三级也不如做这红娘啊！将来，人们说，某某是公安局科长的红娘，多体面！逢人也受尊敬。

向祖瑞接着不慌不忙地把他的出生年月日及时辰、家庭概况一一地对书记说了，最后嘱托他转告白凤飞及其父母，征求他们的意见。

还有啥意见？他们答应就是了，白书记可以断言。就是介绍她嫁给比科长低几个档次的人，他们都不会不同意的，白书记是个什么样的人？说不了他们家人的话？白书记庄严地对向祖瑞表示：愿意不辞劳苦为他效劳，保证完成任务。这时，白书记滔滔不绝，眉飞色舞，那神态恰似《七十二家房客》中那个在局长面前献阿香的三六九。

白凤飞成了科长夫人，白雄齐就是科长媒人！

红尘偶记

不出白书记所料,当晚踏进女方家门一说,白凤飞及其家人便欣然同意了。

向祖瑞回城的第二天,便让同事将白凤飞的户口迁入市里,紧接着给粮食局局长挂了个电话,让他将白凤飞的"城市居民粮油供应证"办妥。过几天,白凤飞便告别父母乡亲们,坐上向科长的小汽车,过上了城市人的生活。

四

白凤飞同向祖瑞说,她不想这么早结婚,想等找到工作后再说。"没关系,工作是不成问题的。"向祖瑞爽朗地说,"你喜欢哪样的工作啊?"

"能找到一份稳定的职业就满意了,哪里还说喜欢不喜欢。"白凤飞认真地说,"这样,我就能自食其力,不用你白养我了。"

向祖瑞想,她说的有道理,但结婚也没有问题,同样会很容易找到工作的,既然她这样提出,就顺从她吧,再说,有抱负、有志向的姑娘才会这样想,二三十年都这样过去了,这一两个月还等不了吗?

人人都知道,对于一个进入而立之年且血气方刚的男人来说,一旦恋爱上姑娘,那种急迫盼望同居的心情是可以理解的。不过,在白凤飞来公安局居住的十几日中,向科长从没强迫过白凤飞,并且还把一间单人宿舍拾掇妥当给了她。

"不要心急,你的工作是不成问题的。你先休息一阵再说。"向祖瑞和和气气地安慰她,"你喜欢文学吧?我这里有

深山凤飞

很多书籍,《小说月报》《诗刊》《四世同堂》《红楼梦》《少年维特之烦恼》《尼罗河上的惨案》……你喜欢什么就看吧。"

开头几日,白凤飞兴奋极了,看到什么都是新鲜的,有趣的。从开眼只见竹木石头的山村飞到了繁华闹市,周围什么都是新奇的。她本来就喜欢看书,这些文学的、科技的、历史地理的,让她看得津津有味,真是幸福极了。向祖瑞一下班就从菜市里满载而归,炒菜煮饭,一个放木柴,一个拿镬铲,好协调。晚上,喜欢的话,两个就看电视,要不,就坐下来开心地谈心。谈吐方面,白凤飞并不逊色于向祖瑞,天南地北、古今中外、人情世态,无所不谈。不过,当话题转到男女两性的生理需求上来,白凤飞就缄默了,每当这时,向祖瑞便憋不住气了,脚尖不时挪动着,恨不得把白凤飞抱在怀里。终于,还是让他的惊人的自制力制止了。为什么在这样的情况下白凤飞却无动于衷呢?聪明的科长是理解的,她是农村姑娘,羞涩、扭捏,比不上城市姑娘大胆、开放。他想,不能操之过急,强扭的瓜不甜。日子一天天地过去了,每日都是看书、吃饭、谈心,白凤飞渐渐觉得这样的生活乏味、枯燥了,因此,便日日催促向祖瑞快点给她找工作。终于,向祖瑞把她安排在市里的针织厂。

向祖瑞考虑来考虑去还是觉得这个厂好,因为:一是针织厂离公安局较近,只有两公里左右,上下班来来去去很方便;二是工作量不很大,白凤飞的裁剪针绣很拿手,相信她入厂后下一点工夫学习,是不会亚于其他职工的;三是这个厂是女人的天下……

"飞,商店进了一批26吋'凤凰'单车,内部出厂价出售,我已经叫王局长给你批发一部。"白凤飞上班前的一天,向祖瑞微笑地告诉她。

"是吗?"白凤飞先是一喜,继而脸露难色,"只是为了我,又花你的钱了。"

"哦,这个不用你操心,分文不用从我的衫袋拿出,帮别人解决一个户口问题,插手马虎一宗案件就不止一部单车的价钱了。"向祖瑞温柔地、有点自矜地说。"我还叫王局长托一个内行的朋友挑一个'梅花'双历表给你,过两天就有了。"

"这样岂不是以权谋私?是犯法的啊!"白凤飞一脸害怕。

"从山旮旯里出来的人,真是'多见竹木少见人邻'。"向祖瑞心想,同时又觉得她幼稚得可爱,便安慰她说:"我是公安局的,我就是执法者,没事的。"

"瑞,这两样东西,我不敢要。"

"这个世界就是这样了。你不要它,岂不是要走路上班了?"

"走路就走路,反正路程也不远。"

"你真是……"

第一次观点撞出火花。两人怀着各自不快的心事去睡觉了。一夜无话。

五

白凤飞开始踏上让人羡慕的工作岗位。

深山凤飞

她自进城后逛街不多,早上,穿着"村姑"式朴素的衣着走在上班的路上,与这个城市格格不入,不知招引来多少人的注目。

虽然这样,她进厂还是很受干部职工的欢迎。知情者当然热情欢迎了,不知情者,见她总有一种质朴的美,也各怀各的心思,一样百般亲热。

白凤飞当晚下班回来,向祖瑞就提出结婚事宜,白凤飞露出少有的满足、让人一看就心醉的笑靥说:"你这么心急呀。"

十多天后,有一晚,白凤飞下班回来却紧锁双眉,向祖瑞问她遇到什么不顺心的事了。白凤飞迟疑一下说:"瑞,我虽然出身农村,见识少,但是公正的道理还是懂得的。你以后办事要检点了,外边有不少人说我是靠你的权力关系走后门进来的,议论你有很多以权谋私的行为。"

向祖瑞听了哈哈大笑起来:"我以为有什么大事让你忧虑,他们议论就让他们议论吧,我现在只知道爱你,只管我们的享受。"说着就把白凤飞抱起来,"我俩今晚抱着睡吧。"白凤飞本能地推开他,感到很伤心,说:"不!不能!"

"我俩都有了固定职业,生活幸福无忧了,我们就趁早结婚啊。"向祖瑞的声音是深沉的,目光是焦灼的,脸色还是极力保持平和大度。

白凤飞见他对自己的劝说根本不放在心里,对于知法犯法行为总不当一回事,心中突然涌出更大的担忧:刀玩得多会割破手,万一他有一天被绳之以法,我不就被毁了?这个婚姻岂不是一座坟墓?她吓出一身冷汗。再想到相处的这段

红尘偶记

时间里表面上看没什么，其实大家都有苦衷。我还年轻，志向是学习和事业，他却是一心想结婚。很多事情都只能互相迁就、让步。这样下去，怎能度过一生？沉默了一会，她作出一个惊人的决定，斗胆提出："瑞，我不干了，我明天回家。"

这回是向祖瑞一脸惊愕："什么？你的大脑烧伤了吧？"

"我现在很清醒。看来，我享受不了这样的福。"

"我花了这么多的心血为你好，你怎么能不假思索就放弃这美好前程呀？"

白凤飞一脸忧郁，说："瑞，你对我的好，我永远记在心里，你最好还是听我一句劝告：堂堂正正做人，规规矩矩做事。"

向祖瑞从白凤飞的眼神中看到一种女性少有的坚决，他很不解。向祖瑞退步说："要不再找一个单位吧？"

"算了。"

次日天一亮，白凤飞拾齐自己的几件衣服，告别了向祖瑞，任由他怎样挽留也不回头。他的内心像打翻了五味瓶子，说不出是什么滋味。农村姑娘，就是读不懂。从另一个角度说，她这种行为叫悔婚。想到一个堂堂科长被一个村姑抛弃，很不服；又想到前段时间的一切努力付之东流，可气又可恨。

后来几天，他亲自去了两次龙山村劝她，她都不掉头。向祖瑞不死心，相信她总有一天想通后会回来求他的。

六

半年过去了，并不见白凤飞来登门求他。

深山凤飞

有一天下午,他驾车从市针织厂门口路过,无意中看到她从厂里出来,内心一下子狐疑起来。他想:莫非她说回家是故意骗我的,却一直在针织厂上班?如果这样做岂不是过桥拆板?她竟有如此心计、如此大胆?我得先调查核实一下。

当他查实她真的是在针织厂上班时,顿时,一股无名怒火直冲头顶。"从来是我玩别人,今儿却被她玩了。"他恨得咬牙切齿说,"我得不到的东西,别人也休想得到。"

当晚,他打电话到针织厂传达室让值班员转达,说公安局向祖瑞有事找她。8点,白凤飞很高兴地应约。

"瑞,我来了,吃饭了吗?"一脸春风。

"唔,你来了。"一脸冰冷。

"我本想很早就来探你了,只因这两个月又要参加函授学习,又要上班,抽不出空来。"白凤飞像以往一样,大方热情,毫无拘束。

"坐吧。一直在上班?"

"唔。我还报考市职工业余大学,已读了两个月。你近来好吗?"

向祖瑞倒抽一口冷气:骗我说不干了要回农村,却一直在厂里,现在,居然对我毫无一丝掩饰,她把我当作什么人?她没想过得罪我会有什么后果吗?向祖瑞心中一下子乱了方寸。沉默了一会,向祖瑞讽刺说:"我比不上你好。人们说城市人套路多,想不到你更犀利。"

白凤飞不明其意,问:"瑞,你说什么?"

"你装什么糊涂?"向祖瑞说,"你不是说不干了吗,竟敢拿我做跳板。"

红尘偶记

"哦,你说我的工作啊,你带我走出深山老林,见识外面的世界,我永远也忘记不了你的恩德。"白凤飞真诚地说,"我那天是真的辞职回家了。这次又能回针织厂,是参加厂里的招工考试被录取的。能再有这个机会,是偶然的,也是幸运的。"

"我倒要看你怎样解释。"

"当初,我刚上班没几天,有一个大学毕业生分配到车间来当技术员,我辞职回家十多天后,他骑着自行车跑到我的村子将厂里的招工信息给我,同时送给我一叠用于考试的参考资料,要我坐下来专心复习。一个月后参加招工考试,居然被录取了。虽然我有过努力,但是你和技术员两个贵人是功不可没的。"

"同技术员恋上了?"

"哪有呢,不过,在学习上和工作上,他的确是很关心我。"

向祖瑞想象得出来,她两个在同一单位,又有共同语言,自己的位置一定会被他所替代,此时心中像打翻的醋瓶子一样。心中很不服气,一个堂堂公安局科长能让一个工厂里的小小技术员所替代?内心的醋意变成妒忌,现发展成仇恨。他压住心头怒火,谋划着如何毁掉他俩——我得不到的东西,别人也休想得到。他想:先查清楚技术员的底细,然后动用公检法的力量一棒把他们打回去。他冷峻地说:"技术员一定不简单啊。"

白凤飞完全不觉察到向祖瑞的心理变化,如实说:"他叫马全,省工学院毕业的高才生,纺织图案设计专业的,他

深山凤飞

是本市人，志愿回家乡工作，立志发展家乡纺织业。"

向祖瑞厉声问："马全能保住你的饭碗呢还是我能保住你的饭碗？"

白凤飞愕然了："你为什么这样说话？没有这么严重吧，我们虽不成夫妻，但还是朋友啊！"

"如果不是我把你从山中挖出来，你怎么有今天的机会？你这样说分手就分手，行吗？"

"你对我的好，我会记住的。但强扭的瓜不甜。以后，我会竭尽全力帮你物色你中意的姑娘，在生活上，在其他日常事务上，只要你需要帮忙，我义不容辞。"

"谁稀罕。"

这时，白凤飞从他的眼神中看到可怕的凶光，心想，同向祖瑞的交往已走到了尽头。"我本想今晚同你开开心心聊聊，你要是这样，我无话可说了。"

向祖瑞说："我们的不开心就要开始。"白凤飞领会了他的意思，便站起来拿起她的小提包，诚恳劝道："瑞，我们还是向前看吧，夫妻不成情义在。多干些对国家和人民有益的事情。我是参加厂的招工考试被录用的，手续正规，光明正大。马技术员是大学毕业生，听说他的家庭也是很有背景的，虽然我不愿意接受他太多的帮助，但是，如果我遇到困难，他能袖手旁观吗？"说完，跨出大门，像一只轻盈的小凤飞出鸟笼。

这时，宿舍里孤灯独影，向祖瑞绝望地瘫坐在沙发上，口中语无伦次地喃喃自语："三不娶……农村女人……竹篮打水……深山凤飞……"

跌　跤

祥生慢慢地爬起身,想站起来扶起单车,可是,右脚却挪不动,这时,他才发现,不单是膝盖碰得皮开肉绽,脚眼①骨节也肿成个大圆筒了。祥生绝望地一屁股坐在地上,唯有眼巴巴地望着大路的两头,希望有路人能帮忙了。

顺坡下坎,最舒服不过了,怎么会跌得这么惨呢?大概是由于车尾架载的水泥太重了吧,两包,两百斤,就是随便撞上一颗小石头也有跌倒的可能。要是平时跌成什么样,祥生毫不在意,但这两包水泥,泥水匠下午等着要用的啊。

真是"天有不测之风云"!

眼看太阳西斜了,只见山道逶迤地向山脚弯绕下去,上面是湛蓝的天空,路面上偶尔有几只小燕子盘旋,这里前不见村后不着店,只有风吹刮树木发出"嗖嗖"的凄厉声。又过了一刻钟,心中焦急、腿脚疼痛使得祥生无法忍受下去了。

突然,山路的转弯角闪出了一个骑单车的人影来,祥生像得到救星似的一下子兴奋起来。他睁大眼睛注视着前方。

---

① 脚眼:粤西方言,即脚踝骨,脚腕两旁凸起的骨头。

跌 跤

人影越来越近、越来越清晰了。还有近百米的距离,基本可以看清来者的脸庞,祥生忽然像泄了气的皮球,说了句"祸不单行",便转过脸向着路边的树林。何故?此时的路人不是救星吗?来者不是别人,正是同自家有着"深仇大恨"的邻居吕世光,有着三十几年宿怨的仇家,真是"冤家路窄"啊!

祥生模糊地记得,孩提的时候,同吕世光还是亲如兄弟般,经常一起捉迷藏,下河摸虾、捉鱼。只是有一日,父亲和世光的父亲从田垌中争吵到家里,几乎到了动武的地步,此后两家老死不相往来。到懂事的时候,才听别人说是因为农田灌溉,谁都要争先用水,便发生了争执。人民公社成立后,两家又编在一个生产队里,这样一来,利害冲突的机会更多了,便是更多的争吵。借改革开放的春风,农田包产到户,各耕种各的责任田,矛盾早已烟消云散了,只是大家的红白喜事,还是互相不理不睬,出入相撞,绷脸而过。两家父亲早已过世,父辈没有留给后代什么值钱的财产,唯有这笔"精神财富"倒是可观。党的政策深入人心,大家撸起袖子干,你看,祥生不到两年就有余钱建房屋了。祥生从不曾考虑这样长期仇恨下去是为了什么,是否值得,只是觉得,既然父亲在世时发恨说永远与他家为仇,那就只有听从父命。

单车愈来愈近了,祥生屏住气,一动不动。他不愿意让世光看见他的可怜相,希望他快些走过去。落难时叫仇人知道,只有令他幸灾乐祸,他想。

单车驶到他的身旁,"刹"地停下来。

"同志……哦,祥生哥,是你,你怎么啦?"世光停好单

红尘偶记

车,关切地问。

"没……没什么。"

"跌跤了?"

"唔……是跌倒了。"祥生无动于衷,含糊其词地说。

"来,把伤口包扎一下,你便骑我的单车,我载你的水泥回家。"世光完全是一副老熟人的口气,没有拘束,是发自肺腑的关心。说完,从裤袋里拉出手帕撕成布条帮祥生包扎膝盖上的伤口。"啊,睇你的脚眼肿成这样,还说没什么,不是骨折就是脱臼,看来骑车是不行了。"世光如同家里人一样焦急,扶起祥生到路边的树荫下坐着。"我有个朋友住在离这儿约有三里地的竹山村,我先叫他来帮你把水泥放好,再背你走出路口截车去卫生院。"不等祥生反应过来,他就急急地骑上车消失在前路上。

十几分钟后,他搭着一个人来,便麻利地抽起两包水泥让来人载走,然后蹲下来说:"祥生哥,搂着我的脖子。"说完便一手拉过他手臂,一手托着他的屁股往上背,利索的动作容不得他有半点犹豫。

祥生的眼眶早已湿润了,看着"仇人"如此诚恳地帮助,两片嘴唇颤抖起来。是自责?愧疚?感激?

"你的水泥是等着用的吧,我同你到卫生院处理好你的伤口,回头再把你的水泥载回去,你家里的事情不用担忧,安心治伤就行了。"

"阿牛(乳名)兄弟,我……"

"你什么也不要说了,我们是邻居,有什么关系比得上邻居好?"

跌 跤

三个月后的农历十月初八日，是祥生新居"进人入火"的大喜日子，祥生格外地兴奋激动。新居和世光兄弟的住宅并排向南，一巷之隔，两家大门口的直线距离也只有 30 米。喜宴将要开始的时候，祥生拿出预先准备好的 30 米炮仗从新建的住宅大门一直铺到世光的门口，当世光一家人跨过小巷的时候，便点燃炮仗，然后迎上前去紧紧握着世光的手说："欢迎光临！欢迎光临！"众宾客也会意地热烈鼓起掌来。这不只是一串鞭炮，这象征着一座桥梁！日后，两家人可以无拘无束地踏着这幸福的桥梁往来了！新居落成，三十几年来的仇怨，随着这炮声烟消云散！

这一跤跌得真值！

四喜临门①

这是20世纪80年代初的故事。

我们边坡村的梁观福是一个聪明、善良、直率、热情的青年人。他生得浓眉方脸，一表人才。可是，他很难碰上"桃花运"，将近40岁才找到对象。不过，是自由恋爱、称心如意的。女朋友大约30岁，名字叫阿翠，家住在与边坡村相隔一广阔田垌②的岭坳上。一家三口人，有父亲和妹妹，妹妹已顶爸爸的职进城工作了。

这天早上，梁观福换上一套新置的西装应约去阿翠家商量婚事。他用网袋装起两包饼干和糖果，兴冲冲地走出门去。来到岭脚的田埂上，看见不远的水田上有个人抓住犁尾左抽右压，水牛硬是不听使唤。观福定神一看，原来是在"文化大革命"时曾抓自己做走资派典型来批斗的大队党支部书记量秋，现已落选回家了。呵，一世都没有扶过犁，怎会犁田？观福犹豫一下，还是朝他走去。"来，让我帮一帮。"

---

① 本文写于1983年，获得当年吴川县业余文艺作品评选三等奖。
② 垌，粤西方言，耕种的田地。又称田垌。

四喜临门

观福是"文革"前的初中生,农村生产体制改革后,任队里的科研组长。别的手艺不说,单说耕田,哪怕你是有经验的老农,也不得不佩服他。只见他在田间转转,庄稼便蓬蓬勃勃地生长起来了。

量秋望着观福,一下子,又是感激,又是惭愧:"怎敢麻烦你呀?!"

观福熟练地扶起犁耙,说:"要犁田,先要懂一句谚语,即'浅抽深压,大路①扶侧侧'。就是说,如果犁的泥土浅薄,就将犁尾抽起,反之,就将犁尾往下压,想犁路大,便把犁尾扶侧。驱赶牛走动时,向左转弯,则拉动牛索,向右转则撒索②……再有,牛会摸人的脾气,所以,驱赶牛时要硬中带柔。"这样,一边犁一边教,犁完已是太阳西斜了。他拍了一下裤上的泥滟③,背起网袋匆匆忙忙地向阿翠家跑去。

"有乜事④?来得咁晏⑤呀?"阿翠倚在门口眼长眼短地望,终于盼他来到了,嗔怪道。"咦,睇你这一身滟,做乜事来?"

"帮人家犁一下田。"

"谁呀?"

"量秋。连牛轭都不会挂。"

"是以前抓你的那个支部书记?"

"还不是他。"

---

① 大路,犁路过大,就是犁开的泥土过大。
② 撒索,吴川方言,用牛绳索拍打牛身体,让它往边走。
③ 滟,吴川方言,污泥。
④ 乜事,又说"乜嘢事",吴川方言,什么事。
⑤ 咁晏,吴川方言,这么晚。

 红尘偶记

四喜临门

阿翠不听则已,一听即火爆了。"你的心还未伤透呀!这些人帮得?饿死天有眼!"

"算了,过去的事不提了。"

"这是天报应,你还怜惜他做甚?得闲时,拿饭畀①狗吃,狗还摆摆尾哪!"

阿翠怒得满脸通红。原来,1974年那阵,边坡村整个田庄都"以粮为纲",眼看裤带又要勒儿勒都扎不紧了,观福二话不说,便独自扛着锄头、钢铲,来到村后那荆棘一片的岭顶开荒。这事很快就传到量秋的耳朵里。

"搞单干,种资本主义的苗,还了得?"不过,他"体谅"观福是贫农,寡妇带仔的,教育一番算了。

"你认为旧社会好还是新社会好?"当晚,量秋来到观福家里,为了显示出自己的觉悟高,先对他进行新旧社会对比教育。"集体好,新社会好还是旧社会好?"

口白心直的人真没有办法,肠子都没有一条是曲的。你猜他怎样回答?"我不知旧社会好还是新社会好,旧社会我们要当牛做马,新社会亦要拉犁拉耙;旧社会朝望晚米,新社会亦要买柴籴米。"量秋一下子张口结舌。这些都是事实,可是在那个年代,有你看的了。"反对农业学大寨,反对党的方针政策。""攻击社会主义,复辟资本主义。"罪状一串串,拘留、批斗、游村——

观福胸前挂着纸牌,一手提着铜锣:"锵锵,你大家勿学我个样……"

---

① 畀,吴川方言,给。

红尘偶记

这回,你梁观福做狗都冇生毛了,全公社男女老幼,还有谁不认识你!

怪不得阿翠这么恼火,谁学你观福"鼻梁冇气"①呀!

当晚,阿翠买来瘦肉劏②了鸡,做了一桌丰盛的菜,观福同未来岳父对饮了几杯,边酌边谈,甚是投机,天色很暗才回家。婚礼定于元旦举行。他俩三天两头都在一起。阿翠家的农活观福自觉地照管,观福的家务阿翠也自觉地来料理。反正,不结婚也等于结婚一样无拘无束了。

过了十天,阿翠又在观福家帮手斩潲③喂猪。傍晚,观福开完队委会回来,好像有什么心事似的紧锁双眉,阿翠就问他:"你今日遇到乜事不顺心?"

"哦,"观福对她说,"今日队委会研究了责任田调整的问题,要求干部带头照顾有实际困难的农户。……会上,邻居伟金不好意思地提出一个意见,想调换一下他岭脚的那丘水湴田④……"

"这关你乜嘢事?"

"我想把垌里的那一亩易排灌的田同他对换。"

"你疯了!他是你乜嘢邻居?那次在大队部批斗你时,他朝你的背脊打了三拳,你摸一摸伤好了没有?"

"他以前为了捞政治资本,假积极,是做了许多不得人

---

① 鼻梁冇气,即没有尊严,没有骨气。
② 劏,粤语,本义是宰杀,是指把动物由肚皮切开,再袪除内脏。
③ 潲,吴川方言,用番薯叶等植物做的猪饲料。
④ 水湴田:常年积水不干的稻田,收割庄稼时比干田费力。

心的事。现在,他作为'文革'的三种人①,被清理回去了,悲观失望,耕田又不在行,很多人都不睬他,不成呀!"

"你总不记得他过去为了抢官来做,六亲不认,丧尽天良。"

"他被隔离审查一段时间后放回家,已是无地自容了。再说,也不全是他的过错,当时的大气候就是这样。"

"要是我,还要整一整他才解恨!"

"不要讲这样的话啰。"

"不要讲,你帮谁我都没有意见,你却专帮这些祸国殃民的害人虫做好事,哼!"

"你的量度咁②窄。"

"窄?"阿翠越说越高声,把怒迁向观福:"你胸襟阔、正直,正因为你老实一世,才死的是你!"

"正直老实有何不好?"观福顶一句。

"好?你为乜现在还住这三间泥砖屋?三十几岁连老婆还未有一个?"

"放屁!"观福着实忍不住了,激得满脸通红。

阿翠"哇"的一声,泪如泉涌,哭着说:"……跟你冇得一世!"说完放下斩猪湴的刀,拿起她的小皮包,抑住哭声跑出去了。

观福一时慌了手脚,忙追出去:"阿翠……"

---

① "文革"的三种人,是指在"文化大革命"中追随林彪、江青反革命集团造反起家的人,帮派思想严重的人,打砸抢分子。
② 咁,语气词,"这么"。

 红尘偶记

　　还未结婚就争得如此激烈了，这成何体统！夜里，观福辗转不成眠。田，还换不换？阿翠为这事着实恼火了，也难怪。唉，真不该说给她听。依了她不换？不能斤斤计较呀，要向大处着想。这样，婚事……他不禁浑身打了个寒战。但是，承包责任制不是"黄牛过水各顾各"，自己有能力，应该互相帮助，虽然伟金那丘是淤泥滏田，自己是科研组的，完全有能力把它耕种好的。"我自己一生正直，热情为人，就因为他过去批斗过我而不管？不能！我们毕竟是邻居啊！不管婚事如何，换！"想到这里，才安心地进入梦乡。

　　第二天，观福去了阿翠家一趟，但她有意躲避了。他只有怅然回来。

　　却说十二月初，县里召开劳模大会，公社推选观福参加，时间四天。开会的前一天，阿翠听说了这件事。

　　阿翠自从那日从观福家跑回来，哭了一整夜，本想赌气不睬他了。不过，哭归哭，静下来慢慢一想，觉得自己也有很多不对的地方。你因为什么而爱他的呀？还不是因为他正直、热情、勤劳、肯帮助别人！那天你不该挖他的痛处，刺伤他的自尊心啊！如果别人讲自己，心里又怎样呢？……都怪伟金这个死不断气的。观福的为人，世间上搵不出第二个了，左邻右里对他夸赞不说，上级领导也睇得起他，今次选他做劳模……他一定很难受了——那天又躲开不见他，"他明日要去开会了，我要去送一送！"她双手蒙住脸，难过的泪水滚了出来。

　　第二天，她从小皮夹拿出10元一张的共80元钱放在衣袋，急急向边坡村走去。穿过这望田野，来到村前的三岔路

四喜临门

口一看，只见村里拥出一簇人，走走停停。咦，观福在其中，他背着行李正要出县城开会。人群里传出了一个上了年纪的人的声音："观福，开会时用心记记别人的致富经验，回来时讲给我们听听，让大家学学。"

"你忧乜嘢，"这是青年仔的声音，"观福已在组里试育着一种新的水稻品种，估计亩产比杂优水稻还要高近百斤，明年的产量一定比今年好得多。"

"老哥呀，你现在真是运气亨通，'四喜临门'啰。"另一个青年仔打趣地说。

"乜嘢四喜呀？"刚才那个上了年纪的人的声音。

"哪，开张大吉，刚承包责任田就丰收了，这是一喜；水稻育种眼看就要成功，这是二喜；现在是劳动模范，这是三喜；四喜嘛，观福就要分喜糖了。"

阿翠急急闪入路边的树林里。

声音继续传来："两口子吵嘴了。"

"吵架啦？我总不知道哇！阿翠太过分了吧，这样忠厚的老公还会同他争吵。"

"哦，不要讲了，也请大家不要再送了。"

"观福，安心开会，我睇阿翠是明白人。"

"家里的事不要记挂，我们大家会料理的。"

"谢谢大家的关照。"

…………

不知什么时候，阿翠的脸颊淌出了两行滚滚的热泪。待送行的人回去时，阿翠从树林中追出来："观福……"

"你在这里！"观福意外一怔。

红尘偶记

"都是我不好,我爸也责骂了我……"阿翠哽咽说。观福满肚子的忧郁顿时消散了。

"给你,带去开会时用。"阿翠从衣袋里拿出 80 元钱递给他。

"你留着用吧,亦要置一两件新衫裤啰。"

"家里刚卖掉一头肉猪,还有几百元。"

一对情侣重归于好。观福这回真是四喜临门啦!

书记和小偷的故事①

  1983年年初,秦书记在东民镇党委工作。他一个人住在党委宿舍楼的单人宿舍内,家属在农村。看他的长相没有什么特别:身材瘦瘦的,经常穿着一件用蓝色"花呢"布料做的国防装,裤脚也常常卷起一截,脚上穿的是本地工厂生产的泡沫拖鞋。一个地道的耕田人打扮,没有半点架子,没有半点油光满面、肚皮凸凸的"发福相"。镇上哪个人凡是跟他相识的,都可以随便地同他拉家常,或者埋怨农贸市场上哪种肉菜贵了多少。
  何华康,花名"鸡康",因为他曾是这一带出了名的偷鸡贼。如今他已届不惑之年,却是地地道道的拥有十几万元资产的养鸡专业户,鸡场有现代化养鸡车间、食物调配车间、鸡病防治研究室。有人说,何华康之所以能够从小偷变成大老板,却全是托秦书记的福。那么,秦书记与何华康有着什么样的微妙关系呢?是不是像不少群众认为那样,领导干部只认得有钱人家,只知道吃吃喝喝又兼拿?究竟秦书记白拿

---

① 本文作于1988年。

红尘偶记

了何华康多少钱?

其实,秦书记和何华康的关系,纯粹是"不打不相识"。看秦书记那一身打扮就知道,他从来没拿过何华康一分钱;相反,何华康办养鸡场,前期投资还都是秦书记帮忙的呢。

话得从20世纪70年代初说起了。当时,秦书记是石坡大队党支部书记,何华康是这个大队东冲村的社员。他那时20多岁,与母亲相依为命。谁都知道那时是"四人帮"最猖狂的时候,分分钟搞政治运动,年年生产歉收。何华康不知是怎样学得一套偷鸡的本领的,只要他打开你的鸡笼,要拿多少鸡出来,鸡都不会啼叫。偷得的鸡多数是"化整为零"地拿去市场卖。别人只能怀疑他、恨他,却奈何不了他。他就是凭这一手吃饭的。因此,远近的人们都叫他"鸡康"。很多人把他的"偷术"说得很神秘,有的说他用手一指,发出气功,就卡住鸡的喉咙了;有的说他懂得点穴术,用手一摸,鸡就不叫了。不过,说归说,至今也没有人真正明白为什么他捉鸡时,鸡不叫喊。

俗话说,玩得多刀会割破手。有一晚,何华康偷到秦书记家来了。也是命该倒霉,这晚深夜一点多钟,正当鸡康准备作案的时候,被刚睡下的秦妻发觉了,她大呼起了"捉贼呀,捉贼呀……"一时惊动了四邻乡亲。人们顾不得穿衣,便纷纷涌出,把鸡贼抓获。有的小伙子动起了拳脚,打得鸡康呼爹喊娘叫个不停。这哪里解人们心头之恨!"住手!"突然,一声喝叫,秦书记不知何时站在旁边了。"大家回去睡吧,夜深了,将他交给我行了。"说着就伸手将他扶起来。"你就是东冲村的鸡康吧?"何华康有气无力地点点头。"到

书记和小偷的故事

我屋里擦些药再说吧。"

让人们疑惑不解的是,秦书记不但将他放了,还从家里拿出50元钱给他到公社卫生院治伤。要知道,他是人人憎恶的惯偷啊!判他坐两三年牢也不冤枉。不过,话又说回来,自此以后,鸡康的确再没有偷过。人们不明白鸡康的"偷术"如何玄妙,更不明白书记的"治术"是何等高明!

农村实行了承包责任制后,何华康欲圆了一直想办鸡场的梦,但苦于没有成本。去贷款,谁信你呢!他居然斗胆想请秦书记帮他做担保。当秦书记听了鸡康谈的设想,口中不断地说"好主意",可就是不表态给担保贷款。书记不放心的就是诸如鸡的孵化、病情治理、科学喂养等一系列技术,何华康懂吗?假若创办的鸡场失败了呢?他怎么敢贸然做担保呢?当何华康明白了秦书记的顾虑后即拍起胸脯说:"秦书记呀!这些知识我不懂还敢养鸡?你看我家里的书架上,放的几乎都是《漫话鸡瘟》《家禽的喂养技巧》等与养鸡相关的书。秦书记,你还记得吗?'四人帮'横行时期,有一个青年下放到我们大队劳动改造,他是华南农学院的教师。那时,我跟他整天在一起,在他的教导下,学到了很多有关家禽喂养的知识。今天,我和他还一直有书信来往,我家书架上的书,很多就是他送的啊。过去,我为什么偷鸡而鸡不叫喊?因为我对鸡的各个部位及其特点了如指掌。如果当时养鸡不会被说成走资本主义道路的话,我可能便不会招来'鸡康'这臭名了。"书记听后,兴奋地拍着何华康的肩膀说:"好!你写出一份计划书来,需要地皮多少,资金多少,我包了!"何华康当时激动得热泪盈眶。就这样,一个占地

 红尘偶记

面积三亩的养鸡场兴办起来了。一年后，何华康就还清贷款，又过了一年，就拥有固定资产6万元，成为名副其实的万元户（当时一般干部职工的月工资只有70元左右）。这在刚进入20世纪80年代不久的人们心中是一个不小的震动。一时间，县内外前来取经、参观的人络绎不绝。面对这一切，何华康的头脑很清醒，并没有因为先富起来而得意忘形。他心里明白，没有党的开放政策，没有秦书记他们的关心支持，便没有今天的一切。他对来取经的人们总是说："我的经验全在秦书记那里，你们学我不如先学秦书记。"

对于秦书记的形象，在外地人的眼里当然是个领导群众劳动致富的好干部，但在本地人的心目中，却并不是个个都认为他好。有不少群众就说："鸡康是哪一世修了什么好心，处处得到秦书记的关照帮助？"但要挑剔起他的一两点缺点来，却又难找到。他们和外地人谈论近年来的建设面貌，言辞还是流露出以有秦书记和何华康这样的人物为光荣的。毕竟，多数农户都养有一群鸡，有的还办成家庭养鸡场，他们的雏鸡是从鸡场里按鸡蛋价买来的。更放心的是，当鸡有病或长得不快时，给何华康说一声，他便给你治好或指导你怎样喂养了。慢慢地，家家户户手头的钱开始多起来了。

如今，人们的生活水平与十年前相比，确实是天地之别。新建的楼房一幢幢拔地而起，一块块开发区从城镇延伸到乡村，"万元户"不再是让人羡慕的词儿了。整个东冲村也今非昔比。然而，时至今日，村中很多有作为的人们都跑出去闯世界，集体及公益事业远远落后于形势。生产收成是一年比一年好，但道路不通畅，经济就腾飞不起来。村委会只是

书记和小偷的故事

一个摆设，村干部徒有虚名，干不了实事。很多群众对此有意见，纷纷向党组织反映这些情况。现任镇党委书记老秦也的确为之绞尽脑汁。

要改变这种现状，首先要组成一个新的得力的村委会。由谁来任村主任最合适呢？秦书记想来想去还是觉得何华康信得过。有一晚，秦书记来到鸡场找何华康聊天，他打趣说："鸡康，很多人说我认你做干儿子，处处护着你，让你发起来了，我干脆一不做二不休，这回封你一个'官'做做吧。"

"秦书记拿我开玩笑了。"

"真的呀，我什么时候同你开过玩笑？九品官——村主任，怎么样？"

"这怎么行？"何华康愣住了。

"是不是怕影响鸡场的工作？"

"鸡场……倒不会影响……"

"我看你准行。"

"你知道我不光彩的历史呀，群众相信我吗？"

"这就要看你的行动了。让你做官，可不是让你以权谋私呀。"天呀，真是冤枉人了，两头受气的苦差事，有什么权谋什么私呀！

"我试试吧。"

在选举村主任的群众大会上，何华康由秦书记提名后即席当着乡亲们发表演说："各位父老乡亲，我鸡康能有今日，全靠党及党的好领导秦书记不弃，也多亏大家给我做人的尊严和机会。如果大家信得过我，愿支持我，我就干四年，试干四年，在四年内办成三件大事：一是给全村安装上自来水，

 红尘偶记

二是筑起一条八米宽的水泥公路通进村来,三是给东冲小学建一幢教学楼。如果四年内不实现目标,愿将鸡场充公。"会场顿时爆发起雷鸣般的掌声,有些多事的小伙子还大呼起"鸡康万岁"来。此时,何华康的神情犹如大将出征前在誓师大会上发表演说时那样郑重、庄严,面对着如此热烈的场面,抑制不住的两行热泪滚滚而出。

就这样,何华康带着党的重托、人民群众的希望上任了。

理　　发

　　1984年的初秋季节。

　　这日，秋高气爽，是难得的好天气。上午八时，三叔吃饱饭，穿起他闺女给他剪的那套灰黑色"花呢"新衣服，背起藤篮，趁圩去了。

　　他不是去离村子只有两里路的小圩买什么东西，他要去十二里远的县城开心地逛一逛！为什么要买东西才趁圩哪，他承包这十亩责任田全部收割完了，现在手头宽余了，难得工闲的时候，逛逛县城看看新鲜又怎么了！

　　有多少年没逛过县城了？三叔记不清了。那些年揾一抓米下煲都难，哪还有闲钱逛县城！

　　女儿用单车搭他到城边，就让他独自进城了。

　　他悠哉悠哉地来到市镇中心——十字街，不禁吃惊起来，——哗！满街两边全是五花八门的商品，弄得他眼花缭乱！他情不自禁地自言自语："真是胡传魁（样板戏《沙家浜》里的角色）讲的——今非昔比啰！变啦，变啦，真了不起！"

　　他贪婪地观赏着街两边的商店、货摊摆放的新奇东西，

红尘偶记

不知不觉来到一间新开业的理发店门前,下意识地停步。

"阿伯,想理发,请进来吧。"他正伸手摸摸头发,店里一个姑娘就热情地招呼他了。"理就理,头发也不短了。早听后生哥讲过,城里理发不用出力,只听得耳边像黄蜂一样'嗡嗡'响,头发就自个剪落下来了。我倒要亲自试一试哩!"

"坐到这里吧。"刚才那个姑娘又说。他瞥一眼这个身段苗条的姑娘,笑盈盈地,一下子局促起来,忙退到一个男理发员身边说:"等一等,让他理吧。"

"谁还不是一样,我现在正闲着呢。"一串甜甜的笑声,一双柔嫩纤巧的小手挽起他的手臂。他的身骨都酥软了。

他坐到理发椅上面,真不假,只听得耳边"呜呜"地响,头上的发就从身边落下了。只见姑娘那白嫩的小手在头上舞弄一阵,反射镜里的他年轻了十岁。

"阿伯,洗一洗吗?"

"洗洗。"三叔觉得坐在这里多一分钟,就有多一分钟的享受,因此,便毫无反应地顺口应他。

"吹一吹吗?"

"吹吹。"只见一只像大肚驳壳枪似的东西对着头上"啪"的一声,一股股暖气吹来,好舒服。

"夹一夹吗?"

"夹夹。"理发姑娘又忙碌一阵。

"得了。阿伯,到这边抽口烟。"

"好好。收几多钱?"

"七角五分。"

理 发

"啊,这么贵呀,我平时理一个发才一角五分钱哪。"三叔不禁惊讶地脱口而出。姑娘抿着小嘴,可是又不敢笑出声来,解释道:"理发两角,洗头两角五……"

"人家不是睇着我们农民兄弟富起来了就乱开价!别讲理发,单是那柔软的小手在头上摸一摸就值了。"想到这里,忙摆一摆手:"得啰,值得。"就从口袋里抓出一沓钞票,挪出一张一元券递过去:"拿去吧,不用找了。"说完便大踏步出来了。

爱的梦

还差三刻才到五点,但杨柳的心早已飞出商店大门,飞到滨海公园那树荫下的石凳上。为什么南滨市的时间要同北京时间一样呢!她多么希望时间能像她身边的电风扇一样转得迅速,尽快地让夜幕降临,尽快地把她转到公园,靠近吴亚何的身边,倾听他的窃窃情语,享受他给她的幸福。23年来,她第一次觉得时间是过得如此缓慢。

每一个青年初恋的时候都有这样的感觉和热望吧?何况杨柳为之苦恼、担忧了整整23年呢……

杨柳,名字与身材很不匹配,"腰如弱柳临风",是女子的最美身段,她个头却矮得可怜,还不到一米四五!胸脯虽丰满,但显得太臃肿了;脸部的五官分布又不协调,没有给人丝毫美的感觉,出街访友,总得不到后生仔的青睐。父母太残酷了,赋予她这样一个模样。

她羡慕那些身材匀称、面容姣好的姑娘,但又嫉妒她们。她多么希望自己一下子长高、长美,讨人喜欢、惹人嫉羡,风流诱人,被人追求呀!可是,老天爷偏偏不开眼,心愿始终不能实现。

爱的梦

本来,她满以为自己能在太平的乐宫中遨游一世的。因为,"文化大革命"期间,她刚背起书包走进学校的时候,她的爸爸还是市委干部,"文革"红人,在市委里很有名望。可惜,两派械斗的子弹不长眼,竟穿过了他的胸膛。虽然爸爸去世了,政府很照顾她家——大哥顶职①在市委当职员,二哥被安排在机械厂工作,经济收入并不比爸爸在世时少,她同样可以撒娇——但权势毕竟没有了,爸爸的同事升迁的升迁,调走的调走,没有一个来往了,这实在是令她揪心啊!要是爸爸还活着的话,她愁什么呢?至少无须为自己的矮胖而痛苦吧。

记得1975年深秋的一个晚上,她和几个女同学在宿舍聊天。她们说得很火热,说得很远。渐渐地,话题回到毕业后个人志向上来。一个同学说:"毕业后,我要响应党的号召,上山下乡,接受贫下中农的再教育。"另一个同学说:"我才不干这个呢!我要读大学,要不就进工厂。"一个出身于贫寒家庭的同学说:"唉,前途不堪设想,只有随波逐流了。"杨柳却不以为然地噘起嘴:"你真是无用。我毕业后,第一个报名当兵,当一个卫生兵。嘿,穿起那有领徽的军装,多威武!"

"哼!一个矮得可怜的肥婆,还梦想当兵,量高这一关便把你踢出去了。"一个身材修长的名叫李桂珍的女同学眨着水灵灵的眼睛半开玩笑半认真地说。霎时,杨柳的脸一沉,

---

① 顶职,20世纪50—80年代,国家给干部、职工的一种优惠政策,就是父亲或母亲离休或退休后,可由其一个子女进入其父或母的单位工作。

红尘偶记

几颗豆大的泪珠淌了下来。她觉得羞丑、无脸见人了，一头栽倒在床上呜呜地哭了起来。这一下，女同学全愣住了，李桂珍更是不知所措。后来，经过同学们的劝解，李桂珍几番道歉，才了结了这场风波。过了几天，杨柳还在偷偷地掉泪。

唉，你真是！人家最担心的就是矮胖，恐怕将来误了终身大事，而你李桂珍就是自恃美一点，捅人家的痛处，要是这丑话传出去，人家还要得！

杨柳十分忌讳"肥婆"，就连与"肥""胖""矮"相关的字眼，一要说到她，她都伤心得几天落泪。

毕业了，因为"知识青年到农村去，接受贫下中农的再教育，很有必要"，全校毕业生都踊跃地报名奔赴农村第一线。当然，杨柳也在其中。说实在的，上山下乡，杨柳哪里愿意？但爸爸已经去世了呀，门庭已经冷落了。她怨两个哥哥不争气，又怨自己投胎不幸运……残酷的现实无情地"迫害"着她，现在既无靠山，又无别的关系了，无可奈何，只有听之任之了。她被安排到本市坡岭大队落户，最后被分配到向阳农场。

农村的艰苦生活使杨柳绝望了。她眼巴巴看着一些同学一个个地调动回市区，而自己呢，白天跟泥巴打交道，夜晚与泪水相伴。每当想起过去在家里的娇纵，就痛不欲生。她曾想到自尽，但又很害怕，死不成。通过找对象转回城市嘛，又有谁要你这个皮肤黝黑的"肥婆"呢？活下去的话，只有在这里混一世了。

打倒"四人帮"后，政府落实了知青政策。杨柳听到这一消息，顿时欢喜若狂。她有希望了！1978年年初，她以母

爱的梦

亲年迈无人照料为由,申请回市,不久被批准了,并被安排在本市为民商店当售货员。

谢天谢地,杨柳深深地舒了一口气。"这回,享乐是属于我们的了,你们这些'乡巴佬'就不在我的眼里了,就连你们这些满身污垢的工人也……哼!我要找个有权有势的对象,要不,就是最低限度也要是个拿着大学毕业文凭的大学生!"杨柳蛮有把握地想,"温暖的小家庭,美好的幸福生活是不成问题了,无业的城市姑娘都可以成为高贵的妇人,何况我还是一个响当当的国家职工呢!"

回到南滨市没几天,杨柳变成另外一个人:头上烫着卷曲的发式,朱唇似一点"樱桃",脸颊开始泛起红润色彩;身穿的是尼龙衬衫,套着花色别致的长裙。总之最时髦的服装她都具备了。上班时,极力装得娇里娇气。如果顾客穿着别致,一表"风流",她倒还不怎么样;要是"乡下佬"进入商店大门,她就要鼓起腮,闭着嘴,睬你才怪呢!下班了,不是去看电影,就是去舞厅,或者带着满面光彩去探亲访友。前不久,她还去了向阳农场探望同学李桂珍呢!她整日幻想自己身边有一个俊俏的、很有地位的男人,幻想自己成为一个什么的"夫人""太太"了。

幻想终归是幻想。时间一天天地流逝,杨柳的心渐渐地又罩上了愁云。因为,她回城一年多了,并没有一个男子追求她,更谈不上什么"有权势的对象"了。于是,经常怨这怨那。她尤其十分怨恨时间:"为什么光阴流得这么快呢?要是能把时间倒拉回十年之前,正处于青春发育期,说不定老天爷会赐给我一副好模样,就不至于活得这样苦恼了。"

过去,在忧虑之中还有一线希望,现在却不同了,再拖几年,容颜凋谢了,那就一切都完了。她多惆怅啊!

她还常常遭到一些顾客的白眼、讥讽。在家里时,往往由于一点鸡毛蒜皮的事也吵吵嚷嚷、哭哭啼啼,邻里也不得安宁。她的母亲完全知道女儿的心事,但无可奈何,只好诉之于其妹,以求解决。母亲的妹妹在本市一间小学当教师,深知世故,懂得青年人心理。她听了姐姐的述说,便有心给杨柳物色对象。

有一天晚上,母亲的妹妹真的带来了一个青年。杨柳见他一表人才,首先动了几分情,因此接待得很殷勤。她暗暗赞叹阿姨有眼力。他们先闲谈一阵,然后转上正题。可是,当阿姨说到这男青年是一个小学教师,出身于农村时,杨柳的五官顿时缩作一团。不用说,婚事吹了。

事后,母亲的妹妹老是想不明白。她满以为这婚事是不成问题的,只要这青年同意就行了,谁知恰恰相反,杨柳却嫌弃人家。当然,杨柳也有很充足的不同意的理由:一是小学教师,地位、工资都不高;二是出身于农村,一身"乡下佬"气;三是职业清苦,没有便宜可占,整天与"鼻涕虫"打交道;等等。

这次谈婚的失败,更增加了杨柳的苦恼和忧愁。有一晚,也就是昨天晚上,她寂寞、痛苦极了,哀叹几声后便独自向公园走去。去干什么呢?她自己也不知道。一路上,她只觉得人人都给她投来鄙夷的目光,连街两旁的风景树也在嘲笑她、戏弄她。到了公园,她毫无目的地继续前行。她不时看看那一双双青年男女挽手溜达,接着又回眸看自己——多么

爱的梦

不幸啊!

前面走来了一对勾手搭肩的鸳鸯,杨柳急忙转身往回走,正巧,与一个青年男人碰了个满怀。这"正巧"不足为奇,因为生活就是由许多"正巧"组成的。

"对不起。"杨柳红着脸说。

"没关系。"青年表现出平静的神色,接着随便地问:"一个人散步吧?"

这一问,更加触动杨柳痛苦的心情,使她伤感、尴尬极了。青年一一看在眼里。

"是呀,南滨的风光好极了,真是诗一般的美,这怎么不叫人留恋呢!我要在这里多住几天,好好欣赏一下整个南滨的胜景。"为了改变气氛,青年故意感慨说。

"咦,听他的口气!他一定是外地人,也许是一个了不起的人物呢!"杨柳想,忘记了窘态,问:"你是哪里人?"

"香港。"

"叫什么名字?"

"吴亚何。回内地探亲,路经这里。"

这时,杨柳才看清这青年的模样:高大身躯,穿着大花格全涤时髦衬衫,黄白色喇叭裤,脚踏一双尖头皮鞋衬着白色丝袜,手腕戴着一个闪闪发光的手表,头上油乌发亮的头发差不多半尺长,五官端庄,神态还好看哩!

"姑娘,你叫什么名字?我们可以走走吗?"这个名叫吴亚何的青年建议。

"好吧。我叫杨柳。"杨柳满口承应。她当然同意了,怎么不同意呢,她想到,与香港人交朋友的机会是难得的。现

红尘偶记

在人人都以有"南风窗"①的关系为荣,她早就想有这一着了。他们并肩而行。他们从家庭生活谈到个人理想,谈得很融洽。吴亚何谈吐自然,温和亲切,不一会儿,杨柳的心被他占据了。

"祖国人民正在轰轰烈烈地搞'四化'②建设,发展得很快啊!"

"四化?"杨柳像同很知心的朋友一样说,"内地永远也比不上香港,您说是吗?"

"话不能这样说,不过也要承认事实。"吴亚何正视着杨柳微微地笑。交谈过程中,吴亚何始终顺着杨柳的感情变化去寻找恰当的话说。"不敢动问,您有对象了吗?"过了一会,吴亚何又随便地问。

"有谁瞧得起我呢。"

"唉,我俩都是姻缘迟。"

"'我俩都是姻缘迟'?莫非他是祝英台——有意从旁说一番——爱我?若真是这样,我时来运转了。"杨柳紧接着想象香港的豪华生活和快乐的日子。这时,她偷偷地看了几眼吴亚何,不知为什么有点羞涩了。"不,不能让痛苦折磨了,不管他有没有心爱我,这是难得的机会,我应该要向他敞开我的心怀。"杨柳下决心,抬起头,给他投去一个含情脉脉、询问无数的秋波。

---

① 南风窗,20世纪八九十年代的流行词语,意指有家人或亲戚在香港定居的人家。
② 四化,即四个现代化,包括工业现代化、农业现代化、国防现代化和科学技术现代化。

爱的梦

 红尘偶记

"您——爱——"

杨柳忸怩地点点头。吴亚何一下把她搂住。

一阵拥抱和狂吻后,他俩找了一个僻静的地方坐下。这时,杨柳幸福极了,她觉得吴亚何嘴角吐出的一字一句都是她心中的甜汤。

夜深了,镰月将要钻进山岩,周围只有小虫、青蛙在低吟,公园的行人稀少了,他俩靠得更近了,更近了……

一夜之间了却忧愁,一夜之间幸福从天而降,那种狂喜、饥渴的心情实是难以形容!一天来,她都沉浸在昨夜的幸福回忆中。当然,那些刚过去的忧伤还有时侵袭着她,可是当它一出现时她便控制着它,并且骄傲地说:"过去的一去不复返了,荣华富贵的日子就要来临了。"

她想,过去绞尽脑汁找一个土货大学生都这么难,今天却被一个"香港青年"看中,这实在是意外之喜。

现在的姑娘能嫁上一个有"南风窗"的男人就是够幸运了,将来去被人们誉为人间"天堂"的香港结婚……嘿,想到那未来的幸福,这怎么不叫她醉心于公园,迷魂于吴亚何呢?她怎么还有心神工作呢?

好不容易挨到了五点钟,她便骑上自行车飞驰在通向家门的街道上,浓郁的春天气息,她一点也不管。前面的行人,瞬间就被她甩在后面。回到家,她匆匆地狼吞虎咽了两碗饭,开始沐浴、打扮。那些香水精之类的东西当然少不了,最重要的还是服饰装扮,对于这,是万万不能轻率、粗枝大叶的,因为通过打扮、装饰,多少会衬托得美一点,会显得高贵,更容易博得心爱的人喜欢啊。

爱的梦

　　能有柳树临风那婀娜多姿的体态，像仙女一样悠然自得，固然很好，可惜，这是十分难办的事情！但是，她并不为之泄气。她拿出前几天添置的新衣服来：紧窄的有柳条的薄如纱纸的尼龙连衣裙子。把它一穿上，加上一个宽紧适中的胸罩，让它紧身贴肉，不就苗条美妙许多了？

　　她现在兴奋极了，一边更衣一边想，想的许多许多，一会儿想着即将在公园与吴亚何如何取乐，尽情享受少女最渴望得到的满足；一会儿想到结婚后安居于香港，如何把家庭布置得豪华堂皇；一会儿想到再过几年后抱着小娃娃同丈夫一起回娘家时，那一群群亲戚、朋友前来庆贺、恭喜的情景……

　　"现在有谁还比得起我呢？人间'天堂'在向我招手了。"更衣完毕，她对着镜子欣赏说。

　　是的，人间"天堂"在向她招手了，——她打扮得多像"仙女"！

　　一切都搞妥了，杨柳一溜烟跑向公园。路上的一切景物都无心看了。

　　将近公园，杨柳突然抬起头。原来，两个公安人员押着一个罪犯到她面前来了。罪犯的眼睛睁得怪圆，直盯着她。这不看不要紧，一看万事休。"啊，亚——何！"她失惊地叫了一声，后退了几步。这……这穿着大花格全涤时髦衬衫，黄白色喇叭裤，足下踏着尖头皮鞋衬着白色丝袜，手腕戴着一个闪闪发光的手表，头上……这可能吗？正是"不是冤家不聚头，冤家一聚在覆舟"啊！

　　她顿觉得小腹内有什么在蠕动，渐渐地，沉重了起来——她的下肢失去了支撑力……

市长的小说

《横江日报》的文艺编辑老洪此时正面对着办公桌上的一篇小说稿在犯愁。这是刚调来本市任市长的陈鸿志的"大作"呀！未见其人就先见其"作"了。小说的题目叫作《在改革的洪流中》，写的是一位干部在改革开放的洪流中的大胆创举，主题是明确的，也有积极的时代意义，但哪里是小说，倒像是一篇小政治报告。从来只看作品质量不看人的老洪感到很头痛。如果这位市长以业余作者的身份投稿还不至于如此伤脑筋，可是他特地用市政府红头信笺写了一封"恳请编辑同志给以斧正"的短信附在里面，这不明摆着要你刊出吗？如果可以修改，他宁愿花一天时间给他修改——倘若替他写一篇也叫作修改的话。

老洪不得不请来总编出主意。总编又有什么办法？这个市长刚从外地调来，对于他的性格和脾气太不了解了。假若不发，他不高兴起来，我们的报社工作……两人沉默地对坐了很久，老洪以探问的口气说：

"是否可用最小号的铅字排在最不显眼的角落里？"

"……付印吧。"总编无可奈何地说。

市长的小说

即使这样,报纸发出几天后,关于这篇小说的"读者来信"还是像雪片一样飞到编辑部里来:有的是善意指出作品存在问题的;有的是批评编辑的粗心大意的;有的则猜测编辑同作者是什么关系;有的干脆骂编辑不长眼,可能受贿不少……老洪面对着这些来信,能说些什么呢?"你们尽情骂吧,但你们怎么知道我的苦衷呢?"老洪无精打采地拆着信件,突然,他手中又是一封"横江市人民政府陈缄"的信件,精神不由自主地紧张起来:"或许又是市长大人的什么'大作'了!"拆开一看,是两封短信,一封给编辑,一封给读者。什么情况呀?老洪感到奇怪。先读"给编辑的信":"编辑同志,承蒙抬爱,我的劣作发表了,我知道我的劣作是名副其实的劣作。听说近日很多读者来信批评、指责,让你们受气、为难了,这不是你们的错,责任应该由我承担。现在我另写了一封向读者道歉的信附在里面,是否能借贵报一角刊出?""搞什么鬼?"老洪迫不及待地一口气读下去。"给读者的信"这样写道:

亲爱的读者:

你们好!拙作《在改革的洪流中》想不到写得这么差劲,我感到很惶恐。不过,很多同志能实事求是地提出中肯的批评意见,我很感动。我到贵地,要和同志们战斗在一起了,但愿我日后的工作不像我的劣作那样让你们不满意,希望你们对待我工作中存在的问题就像对待我的劣作一样毫不隐瞒地批评指正。改革开放刚刚迈起步,如有服务人民、发

红尘偶记

展经济的建议更愿领教,当面或间接提出均无限欢迎。

  此致

敬礼!

横江市市长 陈鸿志
1983 年 5 月 10 日

  老洪热血沸腾起来:"我们的市长竟有这一手,实在是'别有用心'啊!"说着,兴奋得不能自已地高举起右手一挥:"立即付印!"

牛郎织女架桥记

当年，牛郎、织女被王母娘娘用一枚玉簪儿一划，便出现了一条天河把他俩阻隔开来。后来，由于织女进行了不断的反抗和斗争，终于获得了一年一次的鹊桥相会。如今，被隔在天河一边的牛郎和他的儿孙辈也有上千人了。大家聚居一起，你勤我俭，不怕劳累，日子过得挺美满。尤其是近年来，由于科学技术发展迅猛，促进生产力发展迅速，他们的生活水平提高得更快了。你看，一幢幢楼房拔地而起，一条条笔直的街道在两旁的浓荫掩盖下向前延伸，农贸市场上人声鼎沸，新建的工厂烟囱林立……牛郎每看到这些变化，便感到快慰。不过，有时候，他也无端生出一些担忧来，那就是随着工农业生产的突飞猛进，产品不只满足于自给，而且还需要打进国际市场，打入天宫去。可是天河的阻隔不但是一个历史遗留问题，更是当今经济发展的一大障碍！如果能在天河上架一座桥，便可以同天宫进行交流往来，促进经济的繁荣，从而把人民的生活水平提到一个新的高度！同时，他和织女也不会再受相思之苦的煎熬，随时可以往来了。牛郎日夜为这苦思冥想，他决定等到和织女相会时商量这个问题。

红尘偶记

牛郎织女架桥记

这年的七月初七日又到来了。天还没亮,牛郎便穿戴停妥,洗漱完毕,踏上鹊桥同织女相会了。今次的相会,不像往年那样哭哭啼啼地倾吐相思之苦和话叙别后之恋情,更不像那些初恋情人卿卿我我。牛郎神情庄重、态度严肃地向织女说出自己的想法,打算在天河上搭一座钢筋水泥桥。牛郎说:"天河不单是阻隔我们夫妻分居的无情河,更主要的是,它已成为阻隔历史前进的鸿沟。我们的科学已经发展到电子时代了,你们天庭上能做的我们都可以做到了。我们希望能在天宫打开市场,同你们这些自命为神圣高尚的仙人竞争呢!因此,这座桥是一个重要通道。"织女听了牛郎谈的设想及对未来的向往,心中非常高兴。不过,她口中却嗔怪牛郎道:"夫君看你说的,我们都是老夫妻了,开口闭口还是'我们''你们'的。这桥能够建成当然是好,就怕上边不同意。""只要心坚志诚,没有什么搞不成的。"牛郎说完,携织女一齐回来参观人间城市的建设新貌。接着,他俩抓紧时间研究了如何向玉帝打报告的事儿。建筑工程最关键是资金问题,他俩决定:申请拨款和打报告这些事情皆由织女去办,牛郎负责与桥梁建筑工程公司联系,签订合同。计划定下,责任到人。

织女同牛郎分别后,回到天宫天色已是很暗了。她想到自己将要肩负起伟大的重任,造福人类后辈,真是兴奋得一夜难眠。织女慎重地想好了这一行动的步骤:首先把这件事同母亲王母娘娘讲述后再向玉帝打报告。她觉得:王母虽然看不起凡间的人们,一贯顽固地反对自己的婚事,并一手制造了天河,但毕竟是自家人,有骨肉之情,对于自己的婚姻,

她最后不还是做了让步？再说，历史已经进入了新的时期，也许她的思想已经开通了，对自己的事业同意帮忙呢！她是个有权势的女神啊！

天亮的时候，织女梳洗完毕，去朝拜王母娘娘："母亲早安！"甜甜的叫声叫开了王母娘娘眼角皱巴巴的鱼尾纹。"哎呀呀，我的小乖乖，这么早就起来了。咦，看你眼圈红红的，昨夜又熬夜了？"织女点点头。"也真是，一个凡夫俗子，用得着为他煎熬？"王母娘娘自言自语道。织女的脸色霎时由红变白，委屈地说："母后，您误会了。昨天，我同丈夫商量了一件关乎大众利益的大事，现在就是为了这件事而来请求您的帮助的。"王母娘娘笑吟吟地问："你老是不安分，又要干什么大事了？""我们想在天河上架一座水泥钢筋桥，希望您……""你真是得寸进尺了！"王母娘娘感到十分突然，脸色骤变，不等织女说完就打断她的话，"本来，你偷偷地走到人间，已经违反天条。你既然同牛郎结婚了，我体谅到你相思之苦，同意你一年一次在七月初七相会，已经是够宽待你了，你现在却又来要建什么水泥桥，想同牛郎终日来往、寻欢作乐是吗？"织女受到这番数落，又是羞又是气。王母娘娘还是满脑子封建思想，满肚子偏见。不过，织女并不感到意外，她平静地说："我的目光并不会这么短浅，如果是为了我自己，我断不会同您说这些的。""不是为了自己又是为了谁？""为了我们子孙后代的幸福，为了普天下人民的富强。""你不要说得那么响亮，这些都不过是一种借口罢了。"织女并不像过去那样足不出闺阁，见识浅薄，胆小怕事。她毕竟经历了许多风风雨雨，阅尽人世间的沧桑，她

牛郎织女架桥记

是有办法应付王母娘娘的。如果不是这样,就连一年一次的鹊桥相会的胜利也难以取得了。她说:"母后常常教训我说,'神明要能庇佑凡人,菩萨要有菩萨的心肠'啊!""不管你怎么说,桥是不能架的。如果架了桥,我当初用玉簪儿划下这条天河还有什么用?""你当初划下这条天河就是一种罪过。您这种行为给您的历史留下了罪恶的污点。人民对您早已怀有满腔的愤懑。您应该要努力挽回影响。""哎呀,现在你竟来教训我啦,你是什么东西,想自讨棒打吗?哼!"

织女想到再说也没用了,便不辞而别,趁早上天神上朝的时候去朝见玉帝。"父皇万岁!女儿有一建议禀报。"织女步入灵霄殿,把昨夜写好的申请报告呈上去。玉帝浏览了一遍报告的内容,突然瞪大双眼把织女从头到脚、从脚到头地打量一阵,好像她是天外来客一样。好一会儿后,才疑惑地问:"织女,你怎么会想出这样一个主意来?"两旁的文武朝臣看到玉帝的神情变化,个个一头雾水。织女慢慢地说:"女儿昨天同夫君相会,顺便到天河对岸的人间城市去看了看,见到处一派繁华景象,就想,我们天宫好不了凡间多少呀。自从女儿当年下凡间同牛郎结婚到现在,人间发展变化如此大,我们天上的生活却没有什么变化。我想应在天河上架一座桥,让我们仙人同凡人进行经济文化往来,这是一件大好事。"

"织女呀,朕觉得这桥是不必要的。试想,我们仙界人人能腾云驾雾,建桥不建桥有什么必要?"玉帝不假思索地说。

"飞天钻地的技术,凡人早已掌握使用了。再说,我们

仙界真正能够驾祥云越山过海的人毕竟是少数。父皇应为大多数人着想。"

"我们仙界同凡人来往，简直有失身份，有辱仙风。"玉帝口气狂傲地说。

织女很有耐性地继续奏道："父皇，时代不同了，我们天朝如果不实行开放政策，过不了几年，我看不是凡人想升仙，而是仙人想降凡了。"此时，玉帝已是满肚子气，心想：谁人像你竟敢偷偷下到凡间同凡人结婚？但他考虑到她是妇道小辈，不应同她计较，何况是当着众大臣的面，便压着心头的愤懑，冷冷地说："仙人都想降凡，唯有天翻地覆的时候才有可能。你的报告先留下来，待朕派千里眼大臣出天宫视察后再做定夺。"

织女怀着沉重的心情退出灵霄殿。很明显，玉帝是不愿意建这座桥的。他根本就体会不到天河对岸人民的困难和急迫心情。的确，他们出门可驾祥云，不需要桥梁来渡河，何况建桥需要拿出一大笔钱呢。但织女并不打算因此罢手。

织女回到机房，坐下来冷静地考虑下一步如何办。她想：这是一项对人民有着切身好处的事情，一方面，要在群众中作广泛的宣传，获得群众的支持，另一方面，玉帝虽然不同意干，但是还未明确表态，这就需要想办法通过摆事实、讲道理去迫使他把报告批下来。……于是，织女首先同众姐妹描述天河那边的人间城市如何如何美，如果能够架起一座桥来就有多好多好。接着又同炼丹的工人讲，同养天马的仙役讲，同种育花木的花仙讲……过了一段时间，织女再上灵霄殿朝见玉帝，询问建桥报告的研批结果。这次，玉帝是这样对织女说的:"关于建造这座桥的问题,我们已经调查研究过了,大家一致认为,能够在天河上架起这座桥,利益当然是不少的。但是这不是必要交通,从目前情况来看,还没能够列入天庭的工程建设项目。再说,建这座桥需要的资金不少,起码要过千万元吧,天庭是无法拿得出这样一笔钱来的。""父皇,对于资金问题,能不能从两条渠道获取:一是官府投资,二是发动群众捐献集资。"织女是早有这种设想的。她已经周密地考虑到玉帝会提出各种难处作借口来为难她了。"刚才已经说过,这不是必要交通,没列入天庭的建设项目,我们是不能拨款的。"玉帝的口气没有半点商量的余地。

"这么说父皇是不批准了?"

"这是没有办法的。"

织女有点失望了,但是还不肯退下。她不愿让一件大好事就这样流产了。她跪在殿中,微俯着头,许久才说:"父皇,如果小女儿我有办法呢?"

"你?"玉帝下意识地一愣,然后露出一丝讥讽的冷笑,赌气地说:"你如果有办法就可以建。"玉帝想:你这样一个小辈女流,有什么办法集得这么多钱?

织女当然明白玉帝的心思,明明是瞧不起她。但织女觉得不管怎么样,也要争这口气,就说:"父皇说的当真?"

"当然,金口已开。"

织女虽然这么问,心中却是没有一点把握的,这千万元的工程,规模相当浩大的了。织女仔细盘算过,按人口集资,能筹集到的顶多也不超过一百万元。动员一些富裕人家和集

体单位捐献,虽然是个未知数,但估计比集资也多不了多少。

不管付出多大的代价也要干到底!织女横下一条心来了。此后,为了筹集资金,织女到群众中广泛地宣传建桥的意义。同时还有计划地组织群众进行各种集体募捐活动。真是日夜操劳,食不甘味。

好不容易又到了第二年的七月初七。早上,织女也无闲情顾及自己的梳洗打扮了,一到五更就爬起床踏上了鹊桥。莫道君行早,更有早行人。她定神一瞧,牛郎早就在鹊桥上等她了。只见他穿着笔直的西服,口中哼着流行小调,脚上锃亮的皮鞋点着拍子悠闲地观赏着河两岸清晨的美景,一派潇洒大方、精神振奋的模样。

"夫君,让你久等了。"织女一脸憔悴的神色,加上衣着邋遢,走到牛郎身边,形成鲜明的对比。"我的爱妻,你这是刚从稻草堆里爬出来吗?"牛郎见织女这一身穿戴,打趣地说。

"我的裙袍虽脏,也比当初我们结婚时你那一身破烂的粗布好得多呢。"

"是啊!"牛郎意味深长地说。

他俩的谈话转入正题。织女把她在这一年来几次拜见玉帝而碰上软钉子的过程一五一十地向牛郎说出来。末了,她忧郁地说:"玉帝不同意我们的这一举措,但迫于天河两岸人民的呼声以及我的不断申请,他又不敢明确反对,只是多次借故来刁难我。现在最大的问题就是资金问题。"

"这个好办。"牛郎听了织女的陈述,爽朗地答。他对织女讲述了他一年来如何在报纸、电台、电视台上登载架桥的

牛郎织女架桥记

消息,以及很多建筑公司如何派人前来联系业务的情况。又说:"这几天,国内外上百名桥梁专家都积极地给我绘制图纸,并热心地出谋献策。"他又把各公司的投标的情形细细道出来,接着说:"玉帝不肯拨款,没关系。天竺国有家 XG 桥梁工程公司愿意来承包这座桥,它不要我们付工程款,只要求我们让他们自通行之日起在桥上征收点过往客人的'过

红尘偶记

桥费',收四五年,等到把工本费收回来就敞开通行。"织女听了觉得这路子可行,两人打算让 XG 公司承建,只等给玉帝送上报告,他签字下来,就可以动工了。

到了黄昏的时候,他俩又要分手了。这时,牛郎在小皮包里拿出一部微型无线电对讲机递给织女,说:"这是 XG 公司送的对讲机,你拿一台回去,有事情我们通过对讲机说就行了。"织女犹豫一下说:"这敢情好,但你无故收人家的礼物,恐怕不妥吧。"

牛郎道:"我原本也这样想,但 XG 公司经理很有诚心地说'这是预祝我们桥梁竣工的礼物',并没有为把工程搞到手而进行贿赂的意思。人家这样诚恳,不接受过意不去呀,何况人家想得确实周到,搞建设是很需要现代化通信设备的。你带去吧,有了它,我们以后可以随时通话,不必要等到每年的七月初七日了。"

两人依依不舍,一步一回头地分手了。

织女回到闺房,连夜起草了一份关于 XG 桥梁工程公司承建天河大桥的报告,当第二天上午把它呈给玉帝看时,玉帝立即翻脸了。

"XG 桥梁工程公司承建?不行!"玉帝把报告撂在一边,愤愤地说。

织女说:"父皇怎么食言了?不是曾经当着众天神的面说过'金口已开'吗?"

"这……"玉帝有些不踏实了,继而辩护说:"朕说你如果有办法建造,是指由我们天庭的仙人承建,不是由天庭外的凡人建造。"

牛郎织女架桥记

"本来,我是很希望由神仙来建的,"织女顿了顿,不无遗憾地说,"怎奈得不到父皇的支持。"

"不论如何,不能让天外人来建。如果这样做,不就意味着我们仙界没有人才,没有本事了?"

"一定要仙人建才行?"

"那当然了。"

即使集资充足又有什么作用?一个希望又成为泡影了。织女一气之下跑回闺房,放声大哭起来。要知道,自从被王母娘娘把她和牛郎拆散以后,不管遇到什么曲折,她也没有掉过一滴眼泪啊!一个人要做点事多难!她一连蒙头睡了四五天,吓得众姐妹日夜不敢离开她半步。她像大病一场,支着虚弱的身体,拿起对讲机向丈夫哭诉着这次计划被玉帝"卡死"的经过。牛郎并不泄气,鼓励她振作起精神来再想办法。

有一天,牛郎给织女送去一个好消息:经人介绍,他拜访了东胜神洲桥梁设计专家李春先生。李先生听说了他谈的宏伟计划,很感动,愿意出山主持这一工作,并把自己多年积蓄的一百万元捐出来。织女听了感叹道:"世间还是好人多啊!"牛郎还特意道:"李先生已经修炼了一千多年,早已升仙,但他不愿意虚度年华,又回到凡间造福于民。"牛郎最后再次强调织女须做好的两项工作:一是耐着性子同玉帝搞清楚呈批手续,二是抓紧集资工作。

织女一听到又要进灵霄殿,心中就怕极了。她想:玉帝不是说要仙人才能建吗?李先生是仙人啦!如果这次报告又被他借故刁难呢?她决定来一个先斩后奏——先动工再说,

 红尘偶记

玉帝要画圈圈就由他画,不画便罢了。有天下人民的拥护支持,谅玉帝也不敢怎样!

不久,天河的岸边搭起了指挥部。一天,工程队伍浩浩荡荡地开进了工地,天河大桥终于动工了。只见机器隆隆,人声鼎沸,运输车辆来来往往,好一派热火朝天的场面。

这事儿很快传到玉帝的耳朵里,他心里十分恼怒。但想到这是人心所向之事,又是李仙人主持的,再干涉恐怕就会搞到下不了台了。不过,为了挽回面子,他还是下了一道圣旨召织女上朝。

"天河桥梁工程动工了?"

"是的。"

"什么人承建?"

"桥梁设计师李春。"

"什么地位?什么文凭?"

"他修炼了一千多年,早已是个仙人。至于文凭,没听说他有什么文凭。"

"没有文凭怎么有资格承建?这样浩大的工程,起码要取得博士学位才行!"

"天下的人民信得过他!他设计建造的赵州桥至今已有一千三百多年的历史,还保持着原来的雄姿,这个,我看可以顶文凭用吧!"

"不要饶舌了,出了事谁负责?"

"当然是我和牛郎了。"

…………

关于建造天河大桥的呈批报告,到此时可算得上不是批

牛郎织女架桥记

准的批准了。

桥梁建造进度非常快。

织女不断收到国内外人士募捐的款项。最使人感动的是，每年坚持为牛郎织女搭桥相会的喜鹊们闻知牛郎要在天河上建桥，一齐商量决定卖身给动物园，把钱捐献给建桥事业。多么悲壮的举动！各位不是看见现在的天空中喜鹊十分少了？这是它们卖身到动物园了。当年愚公要搬掉太行、王屋二山，感动了天帝，今次牛郎织女要建桥不仅没有感动玉帝，反倒被他层层阻挠，世道真是不一样了啊！

一年之后，一座雄伟壮丽的钢筋水泥桥梁竣工了！正是：一桥飞架天河，天堑变通途！你看，桥上车水马龙，人来人往，好不壮观！不久，南天门外自然形成了一个集市，虽然只有一截街道，但是两边楼房的建筑风格各异，街边的摊档和商店里的商品琳琅满目，买卖的人流摩肩接踵。好一派繁荣昌盛的景象。

牛郎织女也不需要等到每年的七月初七日才能相会了。他俩常常挽着手漫步在大桥上，看到由自己绘制的蓝图变成现实，脸上洋溢出自豪的微笑。有一天，王母娘娘独自驾起一朵白云来到天河大桥上空，俯视了一会儿这条天上的"长虹"，口中自言自语地叹道："我的玉簪儿前功尽弃了。"说完无可奈何地回去了。又有一日，玉帝乘坐着小轿，绕道自南天门出来，来到天河岸边看了一会儿，结果是皱了皱眉头，一言不发地回朝了。从此以后，南天门这扇长年累月紧闭的大门终于日夜开放，过往的不仅是仙人，布衣百姓也越来越多了。

鸡鸭贩子

土生回到家，打扮一番后，背起水桶袋，骑上摩托车，直朝阿娟家里奔去。土生今天的两笼鸡刚运到市场不久便销售一空，一下子赚到两百多元钱，心情愉快极了。再者，追了很久的邻村靓女阿娟今日主动叫他做年例①，看来"煮熟的肥鸡到手"了，不由得心里美滋滋的，整天沉浸在喜悦之中。他时而哼着几句时代曲，时而又呼呼地吹着口哨。

不多久，土生来到一间新建的钢筋混凝土房屋前，把车停下来。他大步地从车尾解下一箱饮料，朝屋里走去。

"啊，你来了。"阿娟从屋里出来招呼他，然后向屋里喊道："爸，土生来啦。"

"哦。"阿娟爸爸一听，忙放下菜刀，从厨房里走出来。他定神一瞧："啊，你……"

土生也情不自禁地"啊"了一声。

---

① 年例，即年年有例。粤西地区乡村各有自己的传统民俗节日，称为"年例"，各乡村的例日不同，源于古老的祭祀活动。现在的礼俗内容主要有祭祀祖先、祭礼社稷、游神、摆宗、唱大戏、舞狮、宴请宾客等。

鸡鸭贩子

站在旁边的阿娟莫名其妙地瞪起水灵灵的大眼睛,望望阿爸,又瞧瞧土生。

"阿娟,"阿娟爸爸瞪了土生一眼,然后示意女儿进屋,"我有话跟你讲。"

阿娟奇怪地跟着阿爸走进屋里。这时,土生心慌意乱,羞得脸红耳赤。

这是怎么一回事?

原来这天中午,土生刚把两笼鸡运到市场,忽然见到一个老汉向他走来。土生机灵一动,拉开江湖佬的口吻问:"阿伯,买几个吧,你睇,又肥又大,整只鸡都是结实的肌肉,没有一点油,骨脆肉香,美味可口呢。"老汉从笼里拉出一个鸡,摸了一阵,问:"乜嘢东西咯,咁饱?"

"人一日都要吃三餐,鸡不吃饱点行?你睇,鸡皮都是香脆的,包你满意!"土生是个地道的无良鸡鸭贩子,每天从鸡场里买鸡回来,要将鸡喂上近二斤沙泥,如果是鸭,喂的沙泥就是二至四斤,完后再运出市场卖,骗顾客的秤头不说,就是赚这沙泥钱也是二三十元一个了。有什么比这生意好做?

可能有些看官疑惑了:一个鸡怎能喂得上一两斤沙泥?如果是普通喂法,当然不能塞得进去。但是你们不知道,土生生于鸡鸭贩子家族,他们有一套喂食办法:就是用一条胶管插入鸡鸭的肚子里,然后在管口塞入泥沙(或其他食物),再用手指捏捋胶管,要把多少东西喂入都是随心所欲的。

经过一番讨价还价后,老汉便把这笼喂沙的鸡买下来了。

土生怎么也想不到这位买鸡的老汉,就是阿娟的阿爸,他今天买这么多鸡回家是为了做年例的呀。唉,真是"一世

无推车,推车就碰到亲家爹","冤家路窄"啊!他越想越觉得羞愧。正在这时,阿娟涨红了脸,气冲冲地从屋里走出来。土生正想开口道歉,阿娟恶狠狠地瞪他一眼,不睬他,扭着屁股走了。

原本以为财运、桃花运一齐来了,现在成泡影了。真是天有眼!

远亲不如近邻[1]

俗话讲"远亲不如近邻",明叔和四爹这两家,一个在上屋,一个在下屋,可谓是近邻的近邻了,但两家人相视如仇敌,路中出入相遇,都是怒目绷脸而过。

外人不用了解内情,只要从他们的屋边走过便知道这两家是一对冤家了。你看,明叔这座刚建起不久的两层火砖楼房,靓是靓,可惜门口左边这一涡沟渠涬,蚊蝇围了个里三层外三层,臭气熏天,真是大煞风景!有什么办法呢?人向高处走,水向低处流,你明叔屋在上,四爹屋在下,他要在自家屋背角筑起一条"堤坝",看你倒的水又向哪里流?

明叔的名字叫鸿明。他的形貌与他的名字很不相称:瘦小的身材,面容什么时候都是一副弱善的微笑,你无事给他两巴掌也没多大反应。他常常穿着一件过肥的"国防装",那衣着中还露出几分庄严。确实,村中有谁会说他过分?如此说来,定是四爹"恶交易"了?嗨,也不能这样定论。不

---

[1] 本文原载广东民间文艺家协会主办的《天南》杂志1986年新6期(总第20期)。

红尘偶记

过，四爹确实有点自私，脾气也不小，且死要面子。明叔和四爹是本家，年龄也只是相差几个月，小时候一样淘气，常一起上树掏鸟窝；成家后也曾是一对好邻居，时常互相帮衬。两家结怨，那是后来的事。

这事得从"人民公社"初期说起。

那一年，明叔接任生产队的会计。有一天，生产队分配番薯时，轮到四爹了，他却要违反规定，故意从番薯堆的四周挑拣大只的放进箩筐里。他当然知道这样做不对，但是裤带不知加几个孔也扎不紧了，谁都会为一点小便宜去绞尽脑汁的。四爹认为这分番薯的机会难得，心中老早就盘算起来了。正在打算盘的明叔见他做得碍眼，便善意地对他说："四爹，你要遵守规矩呀。"四爹本来对明叔做会计就不满了——他是富裕中农嘛！现在却说起自己来，哪能忍受！要是别人指责他还不敢怎么样，可偏偏是你鸿明，你能对贫下中农多话吗？！于是四爹瞪起了那由于眼皮肿得松弛而珠子显得深陷的眼睛，蛮不讲理地吼起来："什么？我是让你管的吗？现在是什么时候了！"明叔一听，气得难受，立即回敬道："什么时候能够乱做？""就是乱做，你亦无权干涉，你这些'危险分子'安的什么心？"四爹使用了不知是从哪个驻队工作队员口中学到的这个名词，并捏紧拳头在胸前晃几晃，弄得在场的社员抿嘴偷笑。

在那以"阶级斗争为纲"的年代，"危险分子"的确只有老老实实地劳动，改造"思想"，别的话是不可多说的。明叔有自知之明，他们有这块"红牌"在身，无理也是有理的，也就作罢了。

远亲不如近邻

可是四爹并不知足。当晚收工回家，明婶像往常一样把洗刷锅盆的废水"沙"的一声倒在屋前的小巷处。只见四奶倏地从屋里窜出来，一手叉着腰，一手指画着明婶骂起来："喂喂，你睁开狗眼哇，臭水要揾个地方泼咯。"

"鬼才泼你的灵屋！"明婶怎会像明叔那样怕事！再说，她是地地道道的贫农出身，腰杆也硬，怕你吗?！于是，两个"长毛"① 各站在各家的屋角，你一句来我一句去，各人的隐私、痛处，能够让对方"吐血"的毒话一齐轰了出来。激烈咒骂到最高峰的时候，四奶便在四爹的指使下出头在自家的屋角处筑起这道"堤坝"，并声言："看你还恶不恶！"

明叔小时候读过几年"私塾"，知书识礼，当然不会同他计较这些，每次争吵，只是责备自己的老婆儿女罢了。

党的十一届三中全会后，农村实行了生产责任制，两家的利害冲突相对减少了，但这个"仇"一直未消。

可喜的是，政府号召一部分人先富起来，明叔就自筹资金，与另外两人进城搞起了塑料鞋厂，把责任田交给妻子管。现在搞得甚是火红，不但生活水平迅速提高，穿着装扮焕然一新，还兴建起一座两层钢筋水泥的火砖楼房。

然而，四爹的家境变化不大。有什么办法，三个女儿嫁了两个，还有两个儿子读高中，家中经济紧张，还是住土改时建的那间泥砖屋。不用说，这就使四爹对明叔的兴旺添了不少妒意，但也只有暗中眼热罢了。唯有这截"堤坝"有时候还可以消解他的嫉妒。

---

① 长毛，即长头发，吴川方言中借指女人。该说法有不尊重女性的意味。

红尘偶记

明叔并不是那种心胸狭隘、心地肮脏的人呀,他"捞到世界"①,何曾不想着乡邻里故?就说与四爹结下的仇怨,一直让他睡不安稳,他过去也不止一次主动和解,如今先富起来了,更加伤脑筋!无奈家里的"长毛"一点也不体谅他。

一天晚上,明叔从城里跑回来,脚还未跨入门口就对老婆说:"明天我买几包水泥回来,到时你要准备出来帮手卸下来。"

"你用水泥做什么呀?"

明叔指指四爹墙脚那涡滛和四周。明婶立即瞪大眼睛骂:"你有闲钱了,给人家筑墙脚?说不定他还不领情呢,哼!就是拿钱抛进水中也有一声响!"

"我们自己出入也方便许多,再说还可以解决家门口的水沟问题,有何不好?"明叔是经过深思熟虑后才这样做的。他要用实际的行动去打动四爹,于是用带有责备的口气对老婆说:"你以后不要多嘴了,冤家宜解不宜结,人家拿钱买邻买里,我们有钱,更应该要注意搞好邻里关系。现在同四爹搞得这么僵,门口摆着这涡滛,外边人看来,还以为是我们过分呢。"

老婆用心想想,觉得也是,但口中还是嘟嚷着。

吃过晚饭,明叔来到四爹的家门口,打招呼说:"大家都吃晚饭了?"

四爹一家人都在屋外乘凉。四爹只用鼻子"嗯"一声,

---

① 捞到世界:"捞",粤语意为谋生;"世界",比喻生活或日子。"捞到世界"的意思是"创建辉煌事业,获得丰富财源,过上了美好的生活"。

远亲不如近邻

绷着脸,跷着二郎腿坐在矮凳上,身子一动不动。四爷以为明叔是来讨好,从而叫自己挖开水沟的。"没有那样便宜!"他心中狠狠地想。

明叔慢慢地坐下,边拿水烟筒"哒哒"地抽烟边挖些无关紧要的话说。四爷只是"嗯""唔"着,多半只字也不说。

红尘偶记

心想:"你现在捞到钱,还会把我放在眼里?这条沟对你不利,才厚着脸皮找上门来,要不,你会天天屙屁熏我。"

"四爷,有两件事,想征求你的意见。"坐了一阵,明叔开始转入正题。

"我看中你是想这条猪尾①的。"四爷无动于衷,脸上却掠过一丝不易觉察的幸灾乐祸的冷笑。

"我同你来算一算,你屋后墙脚的路巷一截,一共需要多少水泥、沙和石头?"

"倒水泥?给我的墙脚倒水泥?"四爷出乎意料地一震,心想:"这样就不用年年担泥填塞了,但是你屋前的沟渠,……哼,铺水泥我就睬你了?"这样一想,便摆出不屑一顾的样子,不无讽刺地说:"我的烂屋不用你操心!"明叔看出他的心思,却不计较,顺着他的话柄说:"你这间屋的确是跟不上形势了,应该想办法积累些资金,再建一座了。"四爷一听,以为他是倚仗现在有了几个钱,今晚存心来寒碜自己的,心中那把无名火顿时烧起来,禁不住大声吼道:"你有钱关我乜事,我穷未见饿死!"

"四爷,你讲到哪里去了,我……"明叔料想不到弄巧成拙,碰了一鼻子灰,急得不知如何是好。

"滚回去,我不要你的施舍!"

"四爷,你听我慢慢讲吧。"

四爷却站起身,走入屋里。

明叔只得怏怏不乐地回家,后悔自己太过直率,不想想

---

① 猪尾,吴川方言,比喻心中很想得到的东西。

讲话的后果。老婆知道此事,又骂了他一阵"死龟"。"做人都几难①啊!"明叔万分感慨自叹。

过了几日,四爹见明叔同他的女儿三妹在村边的榕树头说了一阵话,心里又生怀疑,待阿妹一回家,就迫不及待地追问:"鸿明对你讲些什么鬼话?"

"爸爸,我正想把这件事讲给你听。明叔是一片好心呀!"

三妹慢慢地坐在四爹身边说:"他对我讲,他的鞋厂现在还需要两个工人,想叫我进厂做工,刚才征求我的意见,并叫我讲给你听,问你同意不同意。"

"啊,这是真的!"四爹大感意外,……唉,怎么不同意呢!四爹不单眼红他捞钱,眼看他在村里一批批地招工,心里很不舒服。他有时真后悔过去跟他闹意见,要不,求他给一份工应该是可以的。

"人家那晚就想对你讲了,你却丢他的脸,太无情了。"三妹撇着嘴,愤愤地说。四爹默不作声,想想过去,感到有点内疚了。

晚上,四爹的思想生平第一次出现了激烈的斗争,偏见和粗暴的脾气完全被明叔的善意和宽宏大量击碎了。这二十年来确实对不起他呀。道歉吧,面子又丢不开。怎么办才好呢?他想了很久,终于拿起锄头悄悄地走到屋后……

明叔在门口一见这情景,惊喜得难以形容,情不自禁地打招呼:"四爹,快来坐坐,天黑了,待明日再掘吧!"

---

① 几难,方言,很困难。

"天黑我也看得见!"

阻隔两家人心灵沟通的"堤坝"终于掘掉了!

在明叔不断的热情招呼下,四爹犹豫了好一会,还是放下锄头,走向明叔家门口。

二十年来,这一步多难跨过啊!

"明叔,我过去为难你了……"好久,四爹才吐出这几个字,每一个字都在颤抖。

"算了算了,过去的还提他干啥?"

四爹只有呆呆地站着。羞愧、感激、拘谨得不知所措。此刻,两人都思绪万千,不过,有一点是相同的——兴奋、激动!

"坐下来聊聊呀,四爹,我今晚随便谈,你都不会见怪了吧。"明叔见气氛过分紧张,故意开一下玩笑,然后,像同惯熟人拉家常一样谈起来:"我们这地方村乡密集,地少人多,单靠种田的一些微薄收入是很有限的。你现在还有两个儿子读书,经济开支紧手就不用提了。我想叫你家三妹到鞋厂做做工,每月赚几十元回家,就可以解决一些实际问题了,家里的责任田,你完全可以管得过来的,这样就可以攒积些钱了,你讲好吗?"

明叔望一望四爹那憔悴、不安的神态,心中一阵负疚,喃喃自语:"三妹去年高中毕业了,我如果知道她不准备补习,早就叫她进厂来了,都怪我那阵少回家啊!"

"不要讲这些了,明叔,你这样诚恳帮助……我永远也不能赎回这罪过呀!"

"咳,隔壁邻舍的,何必讲这样话。"明叔看到往日的仇怨烟消云散,心里的疙瘩也解开了,兴奋地说:"古人讲

远亲不如近邻

'远亲不如近邻',我们家里有什么事,还不是要你们邻舍帮忙?如果是救火,到十几里地去叫亲戚,那什么都完了。谁不知道'远水救不了近火'呢!"

四爷心里翻滚着,嘴唇翕动几下,像有很多话说,一时却说不出来。那久已干涸的眼眶湿润了⋯⋯

铁窗，不平静的心[①]

"当啷"一声，铁门上了锁。他做梦也没有想到会来到这个地方。这不是眨眼工夫吗？刚才，他还在摆弄着那部昨夜弄到手的手提四喇叭收录机，两块日本"东方"表……

然而，法律的眼睛是那样明亮犀利，法律的铁手是那样坚硬有力！他从铁窗往外看，远处的天空一片湛蓝，间或有几朵淡淡的白云飘过。他感到两颊淌着两滴冰冷的泪珠。

过去，像电影的片段在他的脑海里闪过。

"妈妈，我从八叔家的鸡窝拿来了两只鸡蛋。"

"有人看见吗？"妈妈惊喜地小声问。

"没有。"

"真乖，年纪这么小就懂得……"

三四岁时，他第一次偷了别人的东西，又意外地得到了妈妈的赞扬，幼小的心灵是何等的惬意！

以后，便是鸡鸭、柴米、瓜果……邻居告上门来，有他妈妈护着，有时妈妈还免不了同他们来一轮"舌战"。有妈妈的撑腰，可以随便占便宜。

[①] 原载《广东法制》1985年第11期。

铁窗,不平静的心

 红尘偶记

老师那张严肃而又慈爱的面孔,那严厉的批评和谆谆的教导,在他的脑海中只像飘过的云,吹过的风。

"妈妈,你猜我这包是什么?"有一回,他一回家就撒娇地在妈妈面前问道。

"谁猜得中。"

"你看,一百元。"完全是凯旋的神气。

"啊,偷的?"妈妈惊呆了。

"唔……人家没看见嘛。"

"这么多钱……以后别这样……"

"妈妈不是称赞我精仔①吗?"

"万一被人发现……"

想到这里,他好像大梦初醒。

"以后?迟了。"他喃喃自语,意识到自己是这样一步步滚进泥坑里的。多可怕啊!年纪轻轻,他还未够选举公民的年龄,却到这地方来了,唉!

学校——此时,他感到这个名字多么神圣、亲切,他多想回到同学、朋友中去!

一束晨光从铁窗外横射进来,在他头顶射过,他下意识擎起手,却攀不到。过去终日在阳光下,却无动于衷,此时才知道阳光的宝贵。他那对失神的眼睛久久地凝视着遥远的天边那一抹火红的云霞……

---

① 精仔,吴川方言,意为"聪明伶俐、乖巧的孩子"。

月是故乡明

坐上开往家乡陆水县的汽车,黄生那飘忽不定的心才感到有所着落,有所依靠。此时,黄生的思绪像滚滚的车轮在旋转——

从村前流过直通大海的那一截大江,可还有来往的帆影?村庄背后的那片荒芜幽深的山丘,如今是否开发利用了?听说近十几年来,大陆进行改革开放,对农村实行了最优惠的政策……

黄生的名字叫鸿发,家住陆水县横山村。20岁出头的时候便接过父亲的基业。他凭着聪明、精于打算和家乡水道交通方便的优势做起买卖,生意甚是火红。不出两年,便成了陆水县中屈指可数的富翁。他拥有八艘货轮、千顷良田。1948年,解放战争打得十分吃紧的时候,他听信了在国民党军队中任旅长的亲叔叔的劝说,举家搬到台湾的台中定居。他将全部的家底做本钱,在台中开了一家实业贸易公司,重操旧业,如今发展到分公司遍布台湾各大中城市。他的家庭和事业都十分如意,可是随着年纪的增长,心里总感到缺少什么。怎么年纪越大,思乡越切了呢?他曾几次提出要回乡

 红尘偶记

看看,但每次都遭到儿孙们的反对。"你的年纪这么大了,很不方便啊。况且,家乡又没有什么至亲了,到哪一家落脚呢?"黄生想想倒也是,便作罢了。可是早两天,他的行动近乎奇怪了——他在动身的前一天的晚上,才向家人说出这个决定,并且执意不要家里任何一个人陪伴,简单的行李已拾妥放在小皮箱里了。当他踏上飞往香港的飞机的时候,看到一同回去的同行大包小包地带着赠送亲友的礼品,心中涌起一阵少有的悲凉和惆怅。

途经香港再乘坐汽车回到故乡。汽车驶进了车站,黄生随着人流走下了车,呈现眼前的完全是一派全新的面貌,他顿时感到浑身的轻松和愉快。几十年的梦想今天终于实现了!现在脚下是踏着家乡的土地了,然而,下一步往哪里走呢?黄生不禁下意识地犹豫了。儿女们曾说过了千万遍的问题,可是由于当时太想故乡了,真是还未认真地思考过这一着呢。他正在举步不定的时候,身边传来一个友善的声音询问道:

"如果我没有猜错的话,您老便是刚从台湾回来的黄鸿发先生了?"

"唔……你是……?"黄生一怔,略点点头,一脸狐疑。

"他是我们县委统战部的白部长。"同来的另一个说。

"白部长,你好。可是我不认识你呀。"

"没关系。黄生,旅途辛苦了。我是特来迎接您的。欢迎您!"

"哪敢劳驾部长,还是请便吧。"

看见黄生只是客套,没有动身,白部长的心中明白了几分,忙说:"黄生请相信我。这是我应做的。"跟着从衣袋里

月是故乡明

拿出一张名片送给黄生，同时说："你那个在费城工作的儿子昨天给我们打来电话，说你动身匆忙，行动有些特别，让我们关照。其实，令郎不嘱托，我们也会来的，民航局的同志给您老买了车票，也给我们打来了电话。请！"这时，黄生的疑虑全部消除，一股暖流涌上心头，情不自禁地走向白部长，紧紧地握着他的手，许久许久不放。"你们真好，大陆的兄弟才是真正的兄弟。"两行老泪夺眶而出。好久好久，才颤颤地说："叫我怎么感激你才好呢！"

"说哪里话，我们是炎黄子孙嘛。先回招待所休息一下吧。等一会便有一位同你很熟的邻居亲自来拜会您呢。"

"邻居？"黄生眼睛一亮，连忙问："是谁呀？"

"我们的县长。他有些公事未处理妥当，否则一定会同我们一起来接您的。"

小车开进了县委招待所。

傍晚时分，县长敲响了黄生的门。

黄生轻轻地拉开了门。"你……啊！是你……"看到站在门口的县长，黄生全身一震，误以为是眼花了，不停地用手指擦眼睛。

"是呀，想不到啊。"黄县长笑盈盈地跨进门槛，主动地伸出右手，说："发叔，欢迎您。今晚请到我家吃饭，给您接风洗尘。"

"县长，太谢谢你了，请，请里边坐呀。"黄生伸出右手同县长握了握，心中觉得十分尴尬和局促。

"叫我明中就行了，隔壁邻舍，不必见外。"

这是怎么了？黄生已经预先知道会有一位做县长的邻居

· 99 ·

红尘偶记

来访的呀！再说，一位赫赫有名的大公司董事长，什么头面的人物没有见过啊！为何这样失态？

两人各自坐定，稍为沉默片刻。

黄生迟疑了一下说："明中，你不恨我呀！那时，我实在是太粗暴了，为了一点小事竟打了你几巴掌。"这是诚恳的忏悔。

"过去的事不要再提了。要说这两巴掌，我还得多谢您才对，要不是您这两巴掌，我可能就不会有今天了。"

这两巴掌是怎么一回事呢？

原来，黄明中的家很穷。16岁的时候便在黄鸿发的一艘货轮上干苦力做搬运工了，一个稚气未脱的孩子做的是同大人一样的工作。有一次，在装运瓷杯的时候，由于体力吃不消，把一箱杯子摔碎了。这件事被黄鸿发知道了。他找到明中，"啪啪"就是两巴掌，还决定要扣工钱。明中满肚子是气，心想：我干的是大人的工作，你给的钱却与大人的不一样，我成天还要忍气吞声，真是牛马不如。明中越想越气，一发狠，说："不干了！"当夜离开了鸿发的货轮，别了家人，远走他乡，后来走上了革命的道路。

一转眼四十几年过去了，真是沧海桑田啊！

"你离家出走后，我开始感到不安，特别是搬到台中居住后，每当夜深人静的时候，常常忆起过去的所作所为。细细想起来，真是有很多对不起你、对不起父老乡亲的地方啊。家乡的土地生我养我，我用什么报答她呢？过去，海峡两岸的关系紧张，不能回来，可现在已经改善了许多，可以'三通'了，我为什么不回来看看呢？"

"应该回来看看呀。发叔,我理解您的心情。虽然过去我们有过摩擦,但是完全不影响我们的邻居关系,您说对不对?"

"那当然。你们共产党人,不计较前嫌,我过去只是听说过,现在可真正是从你的身上体会到了。"

"发叔,看您说的,我完全是以邻居的身份同您相聚的……哦,家里的菜也许冻了。来,上车,到我家里边吃边谈。"

以后三天,黄县长专门陪黄生回到老家同乡亲们聚会,并参观了新开发的鱼塘、水果场,还参观了乡镇企业、厂场。这晚回到县城,自然又是在县长家里吃饭。席间,县长笑问:"发叔,您亲眼看到了,有兴趣同乡亲们合股做一份吗?"

黄生呷了一口生啤,咂咂嘴说:"明中,不瞒你说,我这次回来就是想在家乡搞些什么名堂的,不管有多大困难,都抱定主意做了。你知道我为什么不要家人陪我回来吗?我是怕他们这也劝阻我,那也劝阻我,碍手碍脚的。这次亲眼看到家乡的面貌,心里踏实了。大陆开放这些年,不简单呀。"

"好!我代表政府和人民热烈欢迎您!"黄县长一时兴奋,站起来叫道:"换酒,代表赤胆红心的红酒!"

黄生挥挥手,微笑说:"老侄仔,看你,还是当年那股倔强的劲。"

两个酒杯已斟满了"大将军"。

"虽然我们各都有过完全不同的曲折经历,但这并不影响我们为家乡和人民做一些有意义的事情的决心,现在终于

红尘偶记

找到了共同的奋斗目标了。"

"故乡不管是穷是富,都是哺育我们成长的地方,她的每一寸土、每一棵草都牵动着她的儿女们呀!"

"不错,我们又要在一起干了。"

"殊途同归啊!"

"不过,发叔,我们再不是您的打工仔了,现在我们跟您一样可都是老板了。"

"哦?——对,哈哈……"

"好!来,预祝我们合作顺利,干杯!"

"干!"两个红色杯子碰在一起!

黄鸿发在回台湾前向县长递交了两份《计划意向书》,一份是关于捐献500万元人民币兴建家乡横山大桥和修葺横山小学的计划意向书;另一份是关于投资200万元人民币创建一间以家乡老屋为厂房基地的塑胶制造厂的计划建议书。故事说到这里暂时告一段落了,但并不是结束,仅仅只是序幕的拉开,好戏还在后头呢!

新婚之喜

于凡是一个地地道道的农村小伙子,借改革开放的东风,凭着自己的聪明和刻苦努力,考上了大学,被分配到一间工厂当技术员。20世纪80年代初,老百姓的生活水平还很低,特别是农村。于凡能跳出农门,走进城市,改变自己的命运,确确实实属人生一大幸事——平民百姓的儿子考上大学,这在当时来说,几乎是凤毛麟角的,岂不是碰上人生第一幸事"金榜题名时"!

今天,他又迎来人生第二幸事"洞房花烛夜"。

送走了最后一批宾客,拾掇妥当杯盘椅凳,于凡十二分满足地走入洞房,兴奋得不能自已地和自己的新娘子热吻起来。如今,娶得一个称心如意的水灵灵的城市姑娘,佳偶成双,这当然是人生旅途中一个最激动的时刻。人生的幸福不外乎遇上两大幸事,"金榜题名时,洞房花烛夜",他都拥有了。

但于凡的兴奋和满足远不止于此时的良宵佳人,望着洞房里摆着的礼物:各色羊毛毡、高级衣料、高级音响、洗衣机、缝纫机、高档家具……还有一皮袋封包,他心中充满感

红尘偶记

激的情愫。你想,一个厂子的小小技术员的大喜之日,竟会有这么多亲朋好友赠送这么高贵的礼物,甚至厂长、公司经理以至上级的行政领导都光临寒舍祝贺,这是于凡的人缘所能及的吗?

于凡拉着妻子的手感慨地说:"我这一个小小的技术员,工作默默无闻,居然有这么多的人瞧得起我,真是始料不及啊!"

"是吗?"

"英,"于凡不减心中的激动,手搭着妻子的肩膀深情地说,"我们今日人财两进,眼前的一切,是有了你才有可能有的。日后我们要好好地享受,好好地相亲相爱。"

"那当然……能够这样最好。"妻子的脸容忽然消失了微笑,掠过一丝淡淡的忧郁。

"你怎么啦?"

"凡,你不知道,眼前的礼物可是一座座压得我俩在往后的日子里喘不过气的大山啊!"妻子意味深长。

"这……一座座大山?"丈夫一脸愕然。

权钱与婚姻[①]

有些愤世嫉俗的人说:"当今之姑娘,有几个不是冲着你拥有的财富嫁过来的?你一旦成了穷光蛋,她就不知跑到哪里去了。"还引用俗话说:"夫妻本是同林鸟,大难临头各自飞。"显然,这样的婚姻,其维系的纽带是金钱而非爱情。而真正有爱的婚姻,是不会被金钱物欲甚至灾难左右的。自古以来,这样的例子不胜枚举。拥有真爱的婚姻,感情是纽带,理想是动力,追求是幸福,付出是快乐。拥有真爱的夫妻,他们有远大的目标,他们会同甘共苦,不计得失,愿意为对方、为家庭奉献一切,他们有的是精神食粮。这才是真正的"有情饮水饱"。

那么,以权力和物欲(金钱)为中心的婚姻,他们的结局会是怎样的呢?我给大家讲一个故事。

20世纪八九十年代,中国的大学生是"天之骄子",读

[①] 1987年9月,笔者终于从郭屋中学调到浅水中学任教。回顾从1986年3月向教育局人事股递交第一份调动申请书到1987年一年半的光阴中去乞求人事股长和局长的经历,多少心酸和感慨涌上心头,于是便有了《孙悟空解甲归田》《求神三部曲》和《权钱与婚姻》的写作冲动。

 红尘偶记

大学是免费的,毕业后由国家安排工作,他们有很高的社会地位和经济地位。黄梅是某师范学院的毕业生,被分配到鉴水市做老师。她20岁刚出头,是个妙龄少女,身材匀称,瓜子脸,肤色白里透红,人见人爱。一日,当她来到教育局人事科询问分配情况时,科长侯召武的心里一咯噔,三角眼睛放光了。侯科长那时只有40多岁,精神焕发,血气方刚,雄劲十足。他满脸春风地热情接待她。"黄梅,一个很美丽的名字啊,"侯科长不知哪来的兴致,一时竟诗兴大发起来,用宋朝赵师秀的诗作引子,表达心声:"黄梅时节家家雨,青草池塘处处蛙。有约不来过半夜,——我俩今晚约吧。"黄梅的脸顿时红了起来。两人促膝长谈,侯科长恳切地关心她的工作和去向,显示出过分的关爱。黄梅从他色眯眯的眼神中领会了他的心思和欲望,想到她日后的命运掌握在他的手中,她心里默默地认了。她提出了想进入市区Z中学任教师的请求,如此小小的要求在侯科长看来根本不是事。当天晚上陪侯科长吃饭,陪侯科长唱刚兴起的卡拉OK,便解决了工作问题。她尝到青春和美色带来的甜头。

开学了,学校分给黄老师任教两个班的语文,黄老师不乐意,于是侯科长一个电话挂到校长处,黄老师便改教两个班的政治,一周只有四节课。她深深体会到权力的重要性。人生就是如此:享受,潇洒,快乐。她同侯科长打得十分火热。

两个月后,黄老师发觉肚里有了侯科长的骨肉了,晚上去找侯科长撒娇说:"我的肚子有了你的种子,如何是好?"侯科长说:"打掉吧。"黄老师嗲声嗲气地说:"你就这么狠

权钱与婚姻

心。我生是你的人,死是你的鬼。"侯科长十分感动,嫩草居然不嫌弃老牛。但又十分为难,家中的"老虎"还健在,处理不好,可能会"冇得羊肉揾一身骚①"。侯科长不愧是聪明人,思索片刻,想出了一个"伟大"的主意:介绍黄梅给自己的儿子做老婆。黄老师一听,巴不得啊,这样,以后就可以名正言顺地做侯家的人了。侯科长的儿子在 FY 局工作,还未成婚,如无意外,这样一来,既能保住自己的骨肉,又能继续"暗渡陈仓",真是一箭双雕的活儿。他这老实巴交的儿子第一次见到黄老师,觉得很顺眼,也就同意了这门婚事。他怎么知道自己拣的是父亲穿过的破鞋?

婚礼如期进行。一切按着侯科长设计的路子发展。

八个月过去了,儿子出世了,一家人皆大欢喜。黄老师纠缠在侯家父子之间,游刃有余。每日每夜的精神享受和物质享受皆很丰富,就犹如日日都是过节日一样,真的不枉来到人世间一场了。

最有满足感的还是,每天的晚上,特别是周末和假日,一批批老师校长为了调动工作或升迁的事儿来到家里求拜侯科长时见到她所显露的羡慕眼神和说尽的奉承话语,真是皇后也不过如此。

三国时代的貂蝉同时侍奉于董卓和吕布父子之间,但她是为了兴复汉室而忍辱负重,目的是离间董卓父子,最终将之消灭。貂蝉是为了国家大业,表现出的是献身精神,她的

---

① 冇得羊肉揾一身骚,粤语俗语,本意是"没有得到羊肉吃反而沾染了一身羊肉的膻味",比喻"本想占便宜反而吃了大亏"。

 红尘偶记

行为同"昭君出塞"一样,是为了国家的和平、安宁和兴旺。而黄老师也在侍奉侯家父子,她是为了什么?她具有什么精神?

按理说,女人有了自己的独立经济收入,命运就会掌握在自己的手里,黄梅是一个老师,算是一个能够掌握自己命运的人吧,为什么还爱慕虚荣,追求那些不属于自己的东西呢?这样一来,命运就来跟她开玩笑了。

纸是包不住火的。过去未结婚时,人们只感觉黄梅和侯科长两人关系不错,现在黄梅已做人媳妇,角色不同了,两人还同往常一样,便成为别人关注的焦点。侯科长的"扒灰"① 行为很快让很多人知道了。事情传到了侯公子那里,他哪里吞得下这口气?想狠揍黄梅一顿,可她又是跟父亲鬼混的,闹出去大家的名声都不好,家丑不外扬嘛,也就作罢了。他二话不说,离婚了,并净身而出,搬出去外边租屋居住。

这个结局太正常了。黄老师带着儿子,虽然物质生活不受影响,但是受尽家婆刁难,邻舍白眼,无可奈何,也只好搬到学校宿舍住了。离婚后,她过去的风光不再,名声这么臭,即使想改嫁可又有谁愿意娶?

所有人的一生,吃多少,穿多少,都相差不了多少,如果年轻时透支了幸福和快乐,后半生定要加倍偿还,老天爷是不会偏袒的。

夫妻之间是利益重要还是情义重要?好像没有什么固定

---

① 扒灰,粤西方言中指翁媳乱伦。

权钱与婚姻

的答案,仁者见仁,智者见智。不是有人说过"牡丹花下死,做鬼也风流"吗?但是,我始终觉得,当男女双方确立了恋爱关系后,在交往过程中,需要正常开支时,如果男的显得很小气,说明在他的心目中,金钱比爱情重要;另一方面,如果女的连一支矿泉水也要男的买单,说明她的心中毫无爱意。这种人走在一起,婚姻的根基是物欲。所以,追求真爱的年轻人啊,擦亮你们的眼睛!

孙悟空解甲归田[①]

《西游记》第四回写到孙悟空上天宫当了半年多的弼马温，还未知"弼马温"是个什么官衔，是几品。一朝同众监官饮酒，问起此事，才知这官儿"未入流"，"最低最小，只可与他看马"，一时心头火起，怒骂玉帝，"把公案推倒"，决定"不做它"，回到了花果山。其实，孙悟空并没有就此回山。你想，他跨越两重海洋，走过两个大洲拜师学艺20年，终于学会一套本事。来到天宫，很想施展一下才能，创一番业绩，怎么会一时赌气就回山"不做它"了呢？他当时只是鼓了一肚子气，回花果山散散心。过几天，他被太白金星再次骗上天宫，"加他个空衔，有官无禄，名义上是齐天大圣，只不让他管事，不与他俸禄"。他花了很大气力请求玉帝给他重新安排工作，使专业对口，学以致用，人尽其才。

玉帝不得已便又安排他看管蟠桃园。看园子更是无聊，悟空便偷吃蟠桃，偷吃仙丹。玉帝知道后非常恼怒，命令昭惠灵显王二郎小圣带领天宫中最能打的兵将捉拿他。这批养

---

① 原题为《孙悟空别传》，获得1986年度湛江市业余文艺作品评选二等奖。

孙悟空解甲归田

尊处优的神仙怎敌得过大圣？孙大圣只是为了息事宁人，为了不伤及身边的无辜生命，才有意让他们捉走。大圣经历了"刀砍斧剁，火烧雷打"，却"俱不能伤"，又被他们投入八卦炉里熔炼了七七四十九日，这回不但熔炼不死，反而让他炼成金睛火眼。

玉帝实在是无计可施了。

在天宫里，悟空始终希望能有所作为，造福苍生，一而再，再而三地忍让玉帝。一日清早，悟空又架起祥云来到灵霄殿，朝见玉帝。"万岁，臣老孙请求调动工作。养马和看管蟠桃，实在是埋没人才啊。"悟空一来到玉帝面前就唱了个喏，请求道。

言犹未了，两旁的文武官员还是不知好歹地用手掩着嘴"吱吱"地发出讥笑他讨好陛下的笑声。玉帝十分不悦。

"有什么好笑，我漂洋过海求师学艺，学得七十二般变化，叫我养马、看园子，怎么派得上用场？"

"孙猴子，说话要谦虚些，分工虽有不同，但都是为天庭效力。"玉帝不耐烦地说。

"万岁，这是事实啊，虽然分工有不同，但也应该看人的特长而安排。要论武功，各位天臣没有谁能敌得过我的。你们已经是领教过了。"

"猴精，休得无礼。要安心本职工作，不能好高骛远。"玉帝板起脸孔来，拖起长长的官腔训斥道。

悟空搔头挢耳地纠缠了半日，毫无结果，只有无精打采地步出了灵霄殿。此时心中已是茫然不知所措。如果说初时

红尘偶记

只是埋怨玉帝不会用人,现在则全是愤慨。"天帝有意为难老孙我也!"他觉得在天宫很烦,就又一个筋斗径回花果山了。

"孩儿们,老孙回来了。"正在洞外操练的小猴一见大王回来,欢欣雀跃,迎进了水帘洞。他的手下四健将摆起酒宴给他接风。席间,四健将说:"恭喜大王荣升受禄。敢问大王在天庭担任什么官职?"悟空忙摆手道:"羞死人,羞死人。玉帝枉做天地大帝,初时封老孙一个什么弼马温,原来是养马的,后来同意封'齐天大圣',又是个空衔。"四健将无不感到意外,都叫大王辞掉它回花果山逍遥自在,享受清福。悟空只是满肚子抑郁,不停地摇头说:"我学了一身武艺,正要有所作为,怎能虚度年华!"四健将深知大王的远大志向,于是展开讨论,给大王出谋献策。一健将说:"当今之天庭,从外表看来似乎神圣无比,但只不过是假象罢了。他们的得道成仙,其实是利用各种手段卖弄、欺骗而蒙混过关的。"另一健将接着说:"是呀,大王想改行,你在宫廷中有什么故旧或者亲戚吗?"悟空苦笑着说:"老弟,你莫要拿我开玩笑了呀。我是集天地之灵气而生,一块石头变成,哪有什么亲戚?出世就同大家一起玩耍,同官场哪来旧友?"一下子,个个都想不出好计来,只能是各自喝闷酒。不知过了多久,一位消息灵通的部下猛一拍大腿道:"哎呀,差点儿忘了。最近,诸葛亮回乡开办一个'文化科学技术咨询服务总公司',听说生意兴隆,大王何不去向他请教?""有这等事?"悟空半信半疑,不明白丞相为什么有这么重的军务

孙悟空解甲归田

在身,还有闲暇开什么公司。但不管怎样,先去探探虚实再说。他一个筋斗打到南阳卧龙冈上空,按下云头,真的远远就见草庐门前挂着一块直书的、斗大的"×××咨询服务总公司"字样的牌子。悟空很感兴趣,却又疑惑不解,几步走入诸葛亮公司的大门问:"诸葛兄,你身为丞相,却私自开什么公司做生意,这是不合法的呀。""哎呀呀,猴王大驾刚到就同我论法了。"诸葛亮站起来笑迎悟空进来。两人坐定,诸葛亮问:"听说你上天做官,为何今日有闲到此?""我今日就是为在天庭里的事而来的。"心急的美猴王一见丞相提及"上天做官",就迫不及待地把如何上天做了一个"弼马温",后来又看管蟠桃园,如何不满意而向玉帝申请调动却得不到解决等事一五一十说了出来,最后说:"老兄,你足智多谋,今日就是特来请教定夺的。""哈哈……我刚辞官还家,你却在想法捞大官,真是有趣。""你辞官不做了?先帝的大业还未完成呢……你的事我不管,我的问题究竟如何解决才好?""怎么这样急躁的,还未聊上两句哪。"诸葛亮见悟空忧心忡忡,态度极为严肃,便转入正题说:"美猴王啊,对于这种事情,我看唯有这样才有可能达到目的。第一,俗话说,'空手入门狗无吠',这回你去求玉帝,一定要带些礼物去,有珍贵财物当然最好啦,至少也不能空手。比如,你们花果山多的是山珍。第二,同太白金星拉关系,请他帮忙,也许他还有一点正气,你上天庭毕竟是他下凡来请的。"悟空点头道:"委曲求全,只好这样了。""在玉帝面前要尽量做到低声下气,装作愚蠢的样子讨好他才是啊!"

红尘偶记

悟空振作起精神来,回到花果山,立即命令小猴们踏遍整座山采摘些珍贵的、最鲜最熟的果实装满两大箩,用金箍棒挑起就直上天宫了。他气喘吁吁地把鲜果挑到玉帝的宫廷,努力面带笑容说:"万岁,老孙多蒙错爱,召上天庭授仙禄,没有什么酬谢,特意请你尝尝我们的土特产。"玉帝见孙悟空态度有了改变,又懂得给自己送礼了,脸色稍有笑容:"小猴你这是何必呢。这边坐吧。"悟空在一旁坐定。他性情火急,又不会拐弯抹角,坐一会儿就向玉帝提出调动事宜。玉帝道:"有关这个问题,朕想过了。朕知你的心情很急切,但这样的事情不是朕一个人说了算的,你先安心工作,待朕同文武朝臣研究研究再作决定。"

悟空辞了玉皇大帝,直奔太白金星寝室。太白金星正想午休,见悟空来了,有些不悦地重新坐定。悟空说不上两句客套话,就单刀直入地求太白金星在玉帝面前帮忙说情,太白金星摆出一副长老的架势教训了悟空一番,诸如言行如何无礼,在玉帝面前只是唱个喏而不下跪,声声称自己是"老孙""人才",得罪了玉帝及天宫里的元老星神,影响很不好。不知悟空是否听清楚,只是糊里糊涂地"唔唔""嗯嗯"着。最后太白金星站起来,轻轻地拍拍悟空肩膀:"听我的话,改掉狂野本性,学得温和谦逊、规矩,汝之前途无量。"停了停,便是那句挂在嘴边上的送客话:"汝之调动事宜,照看没多大问题,老臣想办法在玉帝面前为你说情便是。"

光阴似箭,不觉又过了一年有余。玉帝的"研究"及太白金星的"说情"如石沉大海,毫无回响。悟空焦急得茶饭

孙悟空解甲归田

不沾,一刻也待不下去了,诸葛亮的计策也行不通,还有谁能帮忙呢!

"啊,师父!"悟空猛地想起了祖师须菩提来,"师父能教我武艺,也一定能给我出主意。"悟空这样一想,马上纵一个筋斗来到西牛贺洲来,登上灵台方寸山,早有仙童进入斜月三星洞禀告祖师了。悟空不等仙童回话,就直入祖师宝座前:"祖师在上,弟子拜见师父来了。"

"悟空,你在外面惹了什么是非来了?"须菩提祖师见悟空情绪低落地突然前来,惊疑地厉声喝问。

"师父,小徒并没有惹祸,多蒙师父指教,小徒得以去掉俗骨凡胎,修得仙体,有所作为。"

此时祖师方展容颜,说道:"起身。"赐座。师徒互相问候别来安好。悟空向祖师禀报自回花果山后如何消灭混世魔王,召集众猴练武,向东海龙王借宝,后来被玉帝召上天宫授职等事。说到这里,无可奈何地叹息道:"谁知玉帝乱用人才,封我一个'弼马温',给他养马,我不同意,后来又让我看园子。我原想在天宫里施展才华,创一番事业,于是向玉帝申请调动工作,他却一拖就是一年。"

"你申请时有摆出理由吗?"祖师关心地问。

"摆出呀。我说我学历有二十年,懂得七十二般变化,是很有资格做一名大将的。"

"悟空啊,你说这些有什么用!你说你武艺高强,只会使人家更妒忌你、恨你。你有求于人,应该低声下气,处处让着,时时堆起谀媚的笑,时时奉承人家才行啊!"祖师跟

· 115 ·

红尘偶记

着叹息道:"当今之风气每况愈下,神仙也要有甜头尝才肯发慈悲。"

"回花果山后,手下的健将叫我去找诸葛亮,诸葛丞相教我送礼。我即给玉帝送去两萝果子,并拜托太白金星帮忙,但是现在还无一点消息哪!"

"诸葛丞相说得对,只有送礼才有希望。托别人还不如自己直接打交道,除非是至亲或者相知。我看你送给玉帝的礼物是太少了。没有金条、银两、珠光宝气是难动他的心的。你托太白金星说情,同样要给他好处呀。不但这样,还要懂得看准机会,察言观色行事。"祖师凭着漫长的社会阅历、丰富的生活经验分析世态炎凉,给悟空指点迷津。

悟空又一次慨叹道:"师父呀,原来社交还有这么深奥的学问,为什么当初我想不到学习一套处世关系学啊!"

悟空庆幸自己又增长了不少见识。不过,这回心情十分复杂,说不上是喜还是忧。

"这套处世学问是懂得了,可是这种学问我如何用得好?我这金睛火眼辨妖识怪倒是轻而易举,但是如何会察言观色呢?"悟空只是不断地摇头叹息:"这叫我今后如何办?"师父见悟空愁眉苦脸,左右为难,便微微一笑,从衣袋里拿出一布团来,说:"悟空,不要太忧心,我给你一个锦囊,你带在身上,等到你处于前途完全无望时打开看看,就有分寸了。"悟空大喜,忙跪下接过来。

别了祖师,悟空回到天宫齐天府。刚进得门,二司仙使就向他透露了一个坏消息:"悟空,有人向玉帝告你的状,

孙悟空解甲归田

说你不安心本职工作，擅自离开岗位，对天庭有不满情绪。玉帝准备处罚你呢。"悟空不听犹可，一听，心头那把久已埋藏着的无名怒火像熊熊的烈焰一样燃烧起来。他从耳朵里拔出金箍棒握在手中骂道："昏庸的玉皇大帝有眼无珠，召我上天却让我养马看园子。我一心为朝廷出力，忍辱负重，四处奔走希望从事能发挥才能的工作，今却反遭迫害，难道老孙我是如此愚蠢可欺的吗？没有天庭就混不了饭吃了吗？我回花果山有享不尽的清福，想怎样就怎样，还可以免得在此受你们这些龟孙儿的气。我就不相信，英雄总没有用武之地。"说完，抡起手中的金箍棒把齐天府中的案几、器皿打翻打碎，一个筋斗来到马栏前，两脚把栏门踢开，把一大群天马赶出来，跟着从御马监一直打出南天门。再来一次大闹天宫！到此时才真正"不做它"而回花果山了。

　　回想从被太白金星骗上天宫至此时的所作所为，悟空感觉简直是一场噩梦。官做不成反遭受了一身晦气！悟空经过一番折腾，一气之下，病倒了。这下可急坏了他手下的四健将。健将们不停地劝慰和照料他。"官是做不成了，难道就这样做山大王，和这批猴子玩耍度日，碌碌无为过世？如果是这样，当初真不该漂洋过海去求师学艺了。"悟空每日躺在床上，只是迷迷糊糊地这样乱想。

　　前途一片茫然。

　　他忽然记起前几天拜别师父时，师父给了他一个锦囊，说过"处于前途完全无望时"看，现在不正是前途无望吗？于是，他从衣角里拿出锦囊来展开，只见上面写着：

红尘偶记

官场黑暗且莫钻,无穷乐趣在田园。
育果专业潜力大,宜当开发花果山。

"是呀,我原本做梦也不曾想过做官,既然官场如此黑暗,更应放手了。陶渊明宁愿弃官也'不为五斗米折腰',诸葛亮三顾茅庐才出山,现在却又辞官回家开服务公司,凭技术吃饭,我为何还抓着'铁饭碗'死死不放?要干一番事业,何不立足花果山,大干水果种植业,发展经济?师父言之极是。"真是:"锦囊妙策解疙瘩,字字千金指迷津。"悟空的病一下消去八成。当即走出花果山水帘洞,召集众猴开了一个"发展水果种植业,全面开发花果山"的临时动员大会。悟空说出了自己的初步设想,得到众猴们的热烈响应。之后,悟空同四健将订出了具体计划,把小猴们分班编组,搞承包,责任到人。一时间,整座花果山一片繁忙,他们在原有果树的基础上培育新品种,引进其他良种,诸如天宫上的"蟠桃",西牛贺洲五观庄的"人参果"……

自此之后,花果山上呈现出一派兴旺景象,一年四季花果飘香,果子源源不断地输送到世界各地,三界仙人都来学艺,万众共封孙悟空为花果大圣。孙悟空还常常应邀四处讲学,传经送宝,好不热闹。而灵霄殿冷冷清清,门可罗雀,这些就不用提了。

求神三部曲

新中国的大学生们是天之骄子，20世纪90年代中叶之前，读大学是免费的，毕业之后国家包分配工作，大多成为国家公职人员，经济待遇非常优厚，社会地位也很高。

文晓和武通是两位理工科大学毕业生，一齐被分配到偏远的山区镇政府任职员。每日上班是一杯茶水、一份报纸过日，整日无所事事，又专业不对口。度过了两年的光阴，他两人下决心花最大的力气搞调动，希望能调到别的地方去从事与自己专业对口且又称心的事业，以图干出一些成绩来。

半年过去了，两位大学生只有一位如愿以偿。有一天，在无聊中，调不出去的武通去探望调出去的文晓。

见面时几句寒暄过后，两人坐定。

武问："你成功的秘诀是什么？"

文说："不过是按世人总结出的'求神三部曲'去做罢了。"

"这"求神三部曲"我也知道。第一部曲，'研究研究'第二部曲，'纳入计划'；第三部曲，'给一个表'。我也唱了这三部曲，为什么就没成功呢？"

红尘偶记

文反问:"你怎么唱的?"

武说:"第一次去求主管领导,他说要'研究研究',我便买了烟酒给他,我买的是名烟红塔山,名酒茅台呀!"

文问:"第二回合又怎么样?"

武说:"第二回合,他本应说'纳入计划',我紧接着给他送去'腊肉鸡鸭',可是他什么也不说,只是拍拍我的肩膀,微笑地摇摇头。"

文说:"可见你第一部曲就唱不好,败下阵来了。"

武说:"别人不也是这样唱吗?"

文说:"我说兄弟你呀,你思想僵化,远远跟不上时代的潮流啦!那是20世纪80年代的流行曲,如今是90年代了,社会在不断发展,你也要以发展的眼光看问题啊!"

武说:"小弟愿请老兄赐教。"

文说:"我们这些'主人'第一次去求这些'公仆',其必说'研究研究','研究研究'何意?就是'焉够焉够'。'焉够'其义就是'你送给我的钱哪里能让我满意呢','烟酒烟酒'之类能打他眼开吗?不,是金钱!多少是够?你就要调查一下当前的市场状况了。生意人能赚钱最主要是把握住了市场风云,我们要成事也是一样,调入城市多少,转行多少,升职多少……是有一个大概的价格的。第一回合的金钱送得差不多了,第二回合其如果能说'纳入计划',说明第一部曲已唱好了。'纳入计划'是'哪日吃饭',不是'腊肉鸡鸭'。这一步是关键一步,看你选定什么时候请他吃饭;在吃饭的过程中还要捉摸他的心态,看他有什么兴趣,最想要什么……吃饱喝足后还别忘了'卡拉OK'。如果他说'明

天给你一个表填',这就说明第二部曲已唱完,第三步曲就要开始。你不能像以往那样买一块手表给他。'给一个表'就是暗示你选一个年轻貌美的婊子给他玩。"

武瞪大眼睛惊叹:"这样岂不是要倾家荡产了?"

文说:"这个,你就要盘算一下是否能破小财而进大财了。"

这"三部曲",是我们人生旅途中最不和谐的旋律。

"鸟"老师,"猪"老师

华强老师是江川市师范学校毕业的高才生,被分配到湖中镇平山小学任教。这地方是粤语方言区,该校又在山区农村,历来普通话的教学和推广效果都不好,又加上小学一年级学生年纪小,语文教学内容有汉语拼音,很多老师都不愿意教一年级,故任教一年级的语文兼班主任的工作任务很自然就落在了华强老师的身上。

真是犀利①!华老师任教一年级语文两年来,所教班级的学生成绩直线上升,期末统考,平均分90分,合格率100%。由他指导的学生参加镇、县中小学学生普通话演讲比赛,还获得两个二等奖。校领导打心底高兴,不断表扬和鼓励他,将他作为学校骨干使用。早段时间他还谈上了对象,事业有成,又有爱情滋润,干得更卖力了。正是春风得意马蹄疾。

正当华老师放开手脚大干时,忽然有一股暗流朝他袭来。先是本校一些高年级学生背地里议论他,再是当他走出校门

---

① 犀利:厉害,了不起。

"鸟"老师,"猪"老师

外时,村中的巷头巷尾就有群众对他指指画画、窃窃私语,有意无意地,他也听到群众说他是什么"鸟"老师,"猪"老师。华强想:自己分配到该校任教两年来,工作勤勤恳恳,教学效果不算差,从来也没得罪过学生、群众,为什么人们骂他是"鸟"老师,"猪"老师呢?苦苦反思,不得其解。屋漏偏逢连夜雨,那个正在与他热恋中的女朋友也对他冷淡了。

忍受不了这种压抑的华强老师将这些异常现象向校长诉说。校长严肃地说:"我也听到了这件事,不少群众议论你教错字,不知是否有这回事。"华强老师的头脑"轰"地响了起来,思维不停地搜索着过去的每一节识字课的教学情形。"教错了什么字呢?真是这样,那就羞辱了十八代祖宗了。"华强老师喃喃自语。校长见他情绪非常低落,安慰他说:"这件事让我认真查一查,不管是怎么一回事,你都要打起精神来工作。人无完人,谁能无过?"话虽是这么说,但此事始终给华老师心中投下了阴影。

校长一查,天啊,竟是一个天大的笑话!原来,华强老师所教的班有一个学生叫文斌,他的爸爸在村委会做会计,是村干部。这人平时根本不过问孩子的学习情况。一天的晚饭后,他不知为什么一下子心血来潮,竟关心起孩子的学习来了。他叫文斌拿语文课本来,检查儿子的识字情况。他用手指着"牛"字问:"这个字怎么读?"

"读 niú。"

"什么?"他不相信自己的耳朵,再问第二个,便指着"鸡"字问:"这个呢?"

 红尘偶记

"这个读 jī。"

他显出大惊失色的样子说:"'牛'读'鸟','鸡'读'猪'?谁教你的呀?"

"我班华老师。"

"我平时总没有空检查你的功课,一查就发现大问题……唉,这种人做老师,真是误人子弟啊!"一脸忧国忧民的神色。

呜呼,普通话的"牛"和"鸡"与粤语的"鸟"和"猪"的读音何其相似!要是别人出来说华老师教错字,可能会有人不相信,但这是村委会会计说的呀,他还是20世纪80年代的高中生呢!而且说得头头是道,有理有据,谁不信?

普通话的推广也有近半个世纪了,然而,这里还是一片空白。贫穷、闭塞的地方的教育问题,真是要摆到议事日程上来了!

校长听说了这件事,哭笑不得。他首先想到的是让华老师解除心中的疙瘩,然后向群众解释。然而,几千群众解释得了吗?"牛(niú)"就是读"鸟","鸡(jī)"就是读"猪",他们又有多少人懂得什么"普通话"和"方言"?

新的一学期将要开学了,校长在教育局开会时知道了华老师已向人事股递交了调动申请书,急得团团转,会也无心开了,就回来找华老师做挽留工作。但在华老师看来,90年代的老师还被人们误认为连"牛""鸡"都不懂,是何等的伤心,再说,那个在镇工商所干临工的女朋友始终也不回心转意,在这里工作还有什么意思?

"鸟"老师,"猪"老师

校长见华老师去意已定,又请来校董会领导极力做挽留工作,并不断地道歉。华强老师不表态,只是幽幽地说:"说我是'鸟'老师,'猪'老师并不要紧,要紧的是我们应该如何让小孩不再做'鸟'和'猪'才好啊!……"

校长晚饭也无心吃了,一气之下,跑到会计家里勒令会计立即来向华老师承认错误。在宿舍里,任凭会计检讨和道歉,华老师始终不作声,默默地将他最后一件衣服折好放进皮箱里。

此时,华强老师的床铺被服、灶台上的锑煲①碗筷早已收拾好了,房间里空荡荡,华老师的心也是一片空荡荡……

---

① 锑煲,粤西方言,用铝合金或其他金属制作的壁较陡直的锅。

发廊妹阿香和阿姗

阿香和阿姗是四年前一起来县城开发廊的一对堂姐妹。阿香在城东，发廊的招牌是"香美发屋"；阿姗在城西，发廊的招牌是"姗娜美劲波"。两姐妹都长得如花似玉，皮肤白里透红，樱桃小口，一双眼睛水汪汪。今年的岁数已是廿六七了，但看起来，顶多是廿岁的姑娘。两个人都很聪明，有胆量、手艺精，都能根据各人不同的头型吹剪出各种精美的发型。

不过，她们两个人的性格却很不同。先说阿香，她心地善良，心想什么口就说什么，举手投足一是一，二是二，目光多少藏有羞涩，穿的裙子虽美，但不具穿透性。阿姗就不同了，她口齿伶俐，手脚不羁，什么玩笑话都敢开，穿的裙子红红绿绿的，给人一种朦朦胧胧的透明感。不知是不是因为这个，她两个的生意状况很不一样。阿香的发屋从开业到今日，面貌仍是老样子，勉强能赚几个余钱。阿姗的"姗娜美劲波"就不同了——门面不断扩大，装潢日新月异，灯饰豪华。你看阿姗的穿戴：耳环、戒指、项链、发簪，全身珠光宝气，多够气派！

自然，阿香拿自己同她相比，就觉得低人一截了。阿香

发廊妹阿香和阿姗

想：向阿姗求教吧，一场姐妹，应该没把自己当外人吧。于是就等晚上十一点多钟去阿姗处。可是去了两三次都碰上有客。即使她的两个打工妹闲着，她也没放下手中的活同阿香倾心地谈一谈，每次总是说"放开胆子，新潮些、诱人些"之类的话。此后，阿香就再没有去过。

然而，说到情场上，就同做生意截然不同了，也就是说有财运的不一定就有桃花运。阿香的桃花运处处运行，阿姗却只有花运而没有桃运。可能是由于心绪不佳的缘故吧，今晚，阿姗早早就收工，吃过晚饭，关了店门，四年来破天荒第一次来同阿香叙姐妹情。

当阿姗轻盈的身姿飘入发屋，阿香感到有点意外，接着热情地招呼她进来，斟茶，拿出点心、水果，口中带有几分揶揄的微笑说："今晚怎么有闲屈尊光临寒舍？"阿姗毫无拘束地找张椅子坐下，说："我是老板，怎么没有时间？我想开工就开工，想收工就收工。……心烦死了，不要嘲讽我了。"说完就抓着茶杯默默地饮茶。沉默了一阵，阿姗正经地说："香妹，你真幸福。你的生活才是充实的，有意思的。"

"你说什么话，讽刺我啊。"阿香吃吃地笑着说。

"不，我是说真的。个个向你求婚的小伙子都心眼儿好，爱你，而且有地位。你同银行的小明确立了关系了吧。而我呢，那批花花公子，靠自己的歪心眼儿抢了别人的钱，闲着无事就找我寻开心，一个月理两三次头发，要不就约我去饮早茶、吃夜宵，没有老婆的是这样，有老婆的也是这样，真是一群没有心肺的东西！"

"你不要这样急躁。放低些标准嘛。"

 红尘偶记

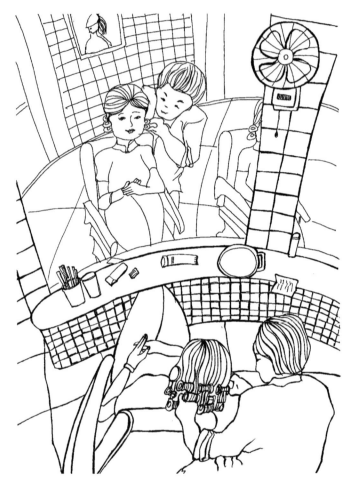

"我就希望找到一个真心实意爱我的、身体没有残废的男人,标准不高吧?"

"你只是全心全意放在生意上。以后多留意一下就行

发廊妹阿香和阿姗

了。"阿香见到她心情十分懊丧，于是就安慰她说。

"是的，我是多赚了几个钱，但钱多又有什么用！"

"很多人想赚钱还没有门路呢。在生意上，我远不及你。"

"这有什么难，道理很简单，要钱就不能讲良心，不能计较脸皮。"说到这，阿姗像一个有着丰富阅历的老人给孩子讲故事一样，又像是自言自语地说开来："我使用的洗发水、电发液什么的是托人到深圳买的 M 国那些廉价货。你是常使用广州市 D 厂生产的高级产品吧。其实，D 厂产品比 M 国的产品质量要好得多。但是，你花钱不一定讨好，我花少钱却要比你赚多几倍钱。我们理一个普通的头发，价格是 30 元，当理完后，我却可以向他要 50 元、80 元。如果他问为什么要收这么多钱，我就说'我给你用的是进口高级洗发水、电发液'，他就乖乖地把钱递给你了。你不知道，当今，外国佬的屁也要比本国的香。今天，来洗头、剪发、染发的是男人多还是女人多？你如果认为女人多就错了。这些男人来我们这里洗头、剪发，有百分之九十不是为他们的头而来的，对待他们这一批人最要紧的是把女人的优点全部显露出来。你的连衣裙有时候有意作无意地擦他一下，何愁他十天后不再来叫你洗头理发？客人中最阔绰的就是二流子了，你明明加倍收他的钱，他不但不吝惜、恼怒，反而觉得光荣，他会不停地向别人炫耀：'你猜我理的发多少钱？30 元得了？哼！'……钱有的是，就看你愿意不愿意去赚取。"

阿香早已瞪大眼睛张大个口，无限感慨地说："天啊，打一份工还这么复杂，看来我是发不起来了。"

阿　九

20世纪80年代,鉴西地区民间流传着一句口头禅:"识(懂得)语文教语文,识数学教数学,乜(什么)都冇(不)识做校长。"二十多年过去了,这句从民间来的话,慢慢品味,还是很有社会现实意义的。

下面写的刘在保的一段经历,就是一个见证这口头禅的典型故事。

数学像他妈,　语文像我

刘在保在家中排行第二,上有一个哥哥,下有一个妹妹。以他父母的养育观看,两儿一女,是前世修来的好命了。生活上还是几[①]写意的,父亲在某村一间小学教书,母亲在家从事农耕,经济收入要比左邻右里好得多。不过,美中不足的是这个刘在保的智商很低,初中三年勉强读完了,连解方程还不大懂。记得有一次期末考试结束了,刘在保的数学是

[①] 几,吴川方言,程度副词,表示"非常"。

阿 九

5分，语文是35分，班主任把家庭通知书给刘在保的父亲刘老师时说："在保这孩子，数学还是没有多大进步，语文成绩提高较快了。"刘老师自我解嘲说："这个孩子的数学像他妈妈，语文就像我。"

转眼到了1985年，在保读完了初中，中考一团糟，高中、职中，什么杂七杂八的学校都考不上，这样就面临着一个就业的问题。让他回家跟妈妈种田？于心不忍，当时的改革开放政策很适合一些胆大的敢冲敢闯的人，他们纷纷外出经商或者打工，很多人发得不清不楚。刘在保有独闯世界的本事吗？没有。刘老师不用担心大儿子：他虽然考不上大学，但他是一个机灵人，现在跟别人到珠江三角洲收破烂，赚到了钱。他也不担心小女儿，她还在读初中，即使读书考不上大学，凭着她白皙的肌肤以及苗条的身材，也能嫁一个好丈夫。但在保这孩子怎么办？刘老师夫妇实在是为他头痛。世间有哪个父母不希望自己的儿女学会本事，能独立于世界，揾得一碗饭吃！如何安置儿子在保呢？

傻老师

刘老师那时五十岁开外，伤透脑筋地考虑了几天后，咬咬牙，决定搞病退，让他这个宝贝儿子顶职做老师。那时国家还有顶职政策，就是国家干部及职工退休后可以安排一个儿女在他的单位工作。这样，弱智的儿子便成了人民教师。虽然那时教师的地位很低，只比种田的农民稍好一些，但毕竟每月有上百元的固定工资，个人生活无忧了。

红尘偶记

谁都可以预想到，这样的人做教师，只会误人子弟。刘在保上课时，课堂教学工作根本无法展开，堂上嘈吵如同集市一样。调皮的同学就同他开玩笑——"刘老师，你今天煎的鱼又焦了。""我不会煎鱼，我是煲的呀。""老师，你理的发好靓①呀！""没有呀。"刘在保根本不懂什么是教学，疲于应付，一节课就这样过去了。

想读书的学生就嚷着要转学。学生家长非常不满，不断地向镇教育办公室领导投诉。校长伤透脑筋。农村的小学只有一两百学生，学校规模本来就很小，再加上当时的教师也不足，不可能安排他做后勤。

次年，随着改革政策不断深化，教育界也在大刀阔斧地进行改革。国家出台了教师聘任制政策：学校校长由校董事会提名，提请教育行政主管部门聘任，教师由校长和董事会聘任。很自然，刘在保便是第一个落聘的教师。他的父母又开始伤脑筋了。落聘对于在保来说名誉有损还是次要的，重要的是全镇出了名的"傻老师"还有哪一间学校愿意聘请？三年不聘，这"铁饭碗"就有可能要被打碎了。

阿　九

那一段时间父母像热锅上的蚂蚁，到处求情，到处碰壁。他父亲又咬咬牙，背水一战，把家底掏空了拿出一千元钱送给教办主任，希望"关照关照"。那时的一千元钱可相当于

---

① 好靓，粤语方言，非常美丽。

阿 九

现在的两三万元。钱真是个好东西,一出手,问题解决了:刘在保被调到镇教育办公室打杂。每天上班扫地,斟茶递水,抹桌子听呼唤。这也是一个圆满的结果。

这样,平静地转到1990年。俗话说:砖头瓦砾一片运,泥捏的菩萨也有灵。90年代开始,是镇教育办公室走运的十年。不知是哪个镇的教办主任的经济头脑特别好,他看到当时全国各地的经济飞速发展起来了,一个傻瓜随便走出村子往外面逛逛,一年下来,也纯捞几万块钱。一个教育办公室管着全镇几百名教师、几万名学生,只要肯动脑筋,是有可观的收入的。于是规定:每学期每个学生订一套校服,每个学生订两套学习资料。通过镇教育办公室统一操作,可以吃回扣50%以上。各校每个学生上缴一百元到两百元给教办,巧立各种名目向学校敛财。教办领导和职员只有三到五人,一年的收入便是六位数以上(不计工资)。没办法,学校只有加大收费。

水涨船高,刘在保的年收入除工资外也有十万元。真是塞翁失马,焉知非福!前几年落聘,连教师也做不成,今天在镇教育办公室做"阿九"① 可比当教师强上十倍。他有落聘的遭遇,再者在教办几年,目睹了上级下级的人际来往,认明了一个道理:"人同钱好,鬼同纸宝草②。"在保虽然文化知识少,可他极其随和,又不吝啬钱,经常下班后请上级

---

① 阿九,地位极低之意,从"文化大革命"时代流行的名词"臭老九"演绎而来。

② "人同钱好,鬼同纸宝草":广东粤西方言,意思是"人想钱,鬼想纸宝草"(语从"人死后,给他烧纸钱"而来的)。纸宝草,即纸钱。

红尘偶记

领导吃饭、沐足、按摩、桑拿……况且他是个智商低的人，毫无心计可言，再加上肯听使唤，深得各级领导的喜欢。——做领导就是喜爱这种人，懂得尊敬领导，没有一丝威胁性。

在保在教办工作只几年，就有钱在城镇的繁华闹市区里买了一百平方米的地皮，建起一幢四层的钢筋混凝土楼房。你们双方都是教师的夫妻，努力一辈子也实现不了这样的愿望啊！刘在保的积蓄有多少？只有天知道。

校　长

斗转星移，转眼到了 21 世纪了。教办兴旺了十年之久，走了一圈大运。它存在的弊端终于让上级教育行政部门领导了解到了。到了 2003 年，鉴西地区的教育行政部门根据上级指示撤销镇教育办公室机构。这样一来，原教办的成员就要分流到各学校去。刘在保当然也在分流之列。不过，这一次，他完全没有半点危机感。官场上的升迁内幕他见得多了，他深信"有钱使得鬼推磨"，不会像 1985 年那样惶恐和害怕。事实证明他的想法是对的：他一努力，就当上了经济很发达的某镇的中心小学校长。不懂 bpmf 及 $x+y=z$ 没有关系，做校长一周顶多只上两节次要课程，要么就干脆做"脱产"校长。刘在保走马上任了。

毕竟"校长"不像教办的"阿九"那么容易做。因为"阿九"只要懂得斟茶递水、扫地、陪别人吃饭、按摩就行了，做校长虽然可以不用上课，但是如何抓教学，如何调动

阿 九

教师的积极性让他们做好本职工作，如何管理好全校师生，这是一门领导管理科学。你刘校长懂吗？当然一窍不通。

听说刘校长还是把在原教办工作时认定的一套理论搬到学校来，学校的经费任他使用，应酬很是潇洒。这间学校在刘校长的"领导"下，教师的积怨像火山将要爆发似的。学校的教学质量将向何处去？看官将会预想到的。

教办的"阿九"不用做"下面"的工作，而校长的一个重要职责就是"下面"的工作。刘校长怎么办？听说教师已群情激愤，个个摩拳擦掌，"欲把皇帝拉下马"。刘校长知道吗？知道。他害怕吗？不害怕。他的一个朋友告诉他："你的工作干不好啊。"刘校长满不在乎地说："有多少个领导是行家出身的，在中国，只要会搵钱并且敢搵钱，什么都好办。""如何消除教师的不满情绪呢？""让他们到大便处去发泄吧。"

看官，你佩服不佩服刘在保？你认为他的未来命运怎么样呢？

教师们已纷纷用电话或书信等形式向省市县的教育行政部门投诉刘校长的诸多问题了，看来这次刘在保的大运已走到尽头，不信，请大家擦亮眼睛看着。

智叟之死

　　智叟很长一段时间以来在为自己的"聪明才智"而沾沾自喜：选择住宅建在"河曲"，家门口前面是一条弯弯曲曲的小河，河水清澈流淌，清风徐来，水面泛起微微的涟漪；家门后背是一望无际的肥沃的田野，"有良田美池桑竹之属"，"阡陌交通，鸡犬相闻"，谁像你愚公那么愚蠢，把自家的房子建在太行山、王屋山的山脚下，弄得自家人出出入入要绕远而走，要水无水，农业生产常常颗粒无收。更严重的是愚蠢到发动自家能够"荷担者三夫"，没日没夜地去挖石移山，要不是你愚公的精神感动了天帝，他让夸娥氏二子给你搬掉这两座山，你们一家人现在还在没日没夜地搬，不知能不能活得下去。想到这里，智叟的心中无端涌起一股满足感。

　　1976年夏的某一天，突然乌云密布，阴风怒号，一场百年一遇的暴风雨降临了。中原的江河暴涨，很多地方成了泽国。智叟居住的"河曲"，险些决堤，河水刚漫浸到河堤顶上。望着奔泻而下的滔滔江水，智叟惊出一身冷汗：要是河堤的泥土稀松，洪水冲破河堤而入，那么我们的房屋和农作物就要被淹没在滔滔的洪灾中了。好险！这时，智叟从心底

智叟之死

佩服愚公了。他选择居住在山上是对的,虽然出入不怎么方便,生活艰苦些,可哪会怕你天大的洪灾!我智叟聪明一世,为什么没有想到会有特大的洪灾呢?不让人活命的洪灾啊!

终于,天放晴了,洪水消退了。智叟想,要是再发生这样的洪灾,我们可能就没有那么好彩①了。他想,为了防患于未然,最好的办法是将河堤加厚加高加固。于是急忙聚室而谋曰:"今次的洪水灾害,我们逃过了一劫,以后再有千年一遇的洪灾,我们就没有那么好彩了。怎么办呢?我想,只有把我们居住处的这段河堤加厚加高加固,才能避过洪水冲击,你们大家认为如何呢?"大家纷纷说:"你说得对。"

智叟因为带领家人及乡邻来这里定居,且此处土地平旷、肥沃,可利用河水浇灌,旱涝保收,所以在家里和村中的威望是很高的。于是,智叟召集家中和村中"荷担者"百夫,从十里外的魁父之丘那里挖石头和泥土,担回来填塞河堤,不出一年,他们几乎铲平了魁父之丘,把村边这截河堤填塞得高高大大的,俨然是一座新的魁父之丘。你看,这截河堤,高比村中之树木,厚比一座小山,泥石已填塞到河床之中央,原本宽阔的河床已被堵塞了一大半。智叟想,这回就算你洪水如猛兽也冲不垮我这段河堤了,脸上露出胜利的微笑。

智叟常常在太阳将要落山的傍晚时分走出村道,双手背搭在屁股上,悠哉悠哉地散步,望着移到河堤上的魁父之丘,自豪地自言自语说:"'兵来将挡,水来土掩',这回,我看你就算是万年一遇的洪灾,也对我无可奈何了。"

---

① 好彩,粤语方言"好运气"。

红尘偶记

一日,大禹治水时路过"河曲",看到这一截河堤像小山一样高大,泥土已堵塞了大半河床,就询问是谁叫这样修河堤的。众人说:"智叟。"大禹即召智叟来问:"你加固河堤就加固河堤可矣,为什么竟将河床也堵塞一大半?""河堤加厚了,河水来到这里就缓慢了,因此就不会冲垮河堤了。"智叟振振有词地说。大禹说:"你们这一截河堤是冲不垮了,但是,洪水宜疏不宜堵,由于这一截河床被堵塞了,洪流不顺畅,上游就会成灾。""上游成灾关我什么事?"智叟心中嘀咕着,但不说出来,一脸不高兴的样子。大禹随后语重心长地说:"快把这截河床的泥土搬掉吧,否则,山洪暴发,你们这一片平原是要被洪水淹没的。"智叟用鼻子"唔"了一声,心中很不服气。

大禹又要到别的河道去治水了。智叟很自负,自以为是,没有梳理这截河道的意思。

1998年的盛夏,千年一遇的暴雨降临了。倾盆大雨一连下了一个月。江河水涨,奔流直下,由于"河曲"的河床被堵塞,上游的洪水不能顺畅排泄,山洪暴发,漫过河堤,有的地方决堤而奔泻,两岸的原野瞬间被洪水淹没了,智叟走出村边察看,河堤岿然不动,当他正在庆幸之际,突然,他看到上游两岸的田园庄稼上空有十多米高的水浪奔泻而下,一转眼间,将他的房屋及村庄冲得无影无踪。"河曲"变成一片汪洋。智叟到死也不明白他因为什么而死。

君不见,智叟至死也不明白大禹治水的道理。洪水宜疏不宜堵。做人也是这个道理:人们如果只顾自身的利益而不顾他人的生死,犯众恶,到头来,自己也难逃灾祸。

官　瘾

　　瘾，字典的解释是"特别深的不良嗜好"，该字从"疒"部，医学上"瘾"是种病态。中国人热衷做官，想到痴迷，做到上瘾；还没有做上的便削尖脑袋往里钻，做上的就想做到死那天，自古以来，就是这样。两千多年前，孔子就鼓励人们努力读书，读书的目的就是做官，他说："学而优则仕。"① "仕"就是仕途，进入官场升迁道路。两千多年来的事实证明了这一点："书中自有黄金屋，书中自有颜如玉。"其实不是书中有，而是做了官才有。原来，"十年寒窗无人问，一举成名天下知"，这"成名"便是实实在在地拥有"金钱"和"美女"，怪不得自古以来千千万万人不惜一切代价挤进这座独木桥。孔乙己读书不成，做不上官，被读书考取功名的丁举人殴打，弄到惨死。君不闻，"三年清知府，十万雪花银"。一做上官，何止是"十万雪花银"？想什么有

---

① 学而优则仕，本意是"学习了还有余力就去做官"，讲的是以学为目的和根基，当官是附带的事。这句话现在常被人曲解为"把学习搞好的目的就是做官"。

红尘偶记

什么。因此，人们便将一生的精力放在读书上，像范进那样，读到 50 多岁，其实，目的还是想当官。

如果不是读书的料，要想当官，就只有拿钱来买了。自古以来，买官现象并非新鲜事。

当官的好处这么多，难怪人们对做官如此上瘾。

今天的"官瘾"遍地皆是。下面就说一个已退休的局长的故事。

某天晚上，我有个朋友在街上散步，无意中碰见曾经是邻居的易局长。易局长现已退休，朋友读小学时曾同局长住同一幢宿舍楼。出于礼貌，朋友上前打个招呼：

"局长出来散步啊。"

"是呀。你也在散步……长这么高大了，差点儿认不出你了。"很亲民的样子。

"是啊，可局长还是像一个后生仔一样这么年轻。"

局长很热情，似乎也很高兴，询问朋友的近况。朋友一一回答局长的问题。

突然，局长像想起了什么似的说："我不同你说了，有人送礼到我家了，我要回去了。"说完转身走了。朋友一脸愕然，还没反应过来，局长已消失在视线中。

你们看，在官位上，他们利用职权贪污索取多少？有多少人送礼？退下来了，局长有多失落，梦中也想着曾经的前呼后拥，"朝拜进贡"。不知是否真的有人给他送礼？也许，是他出现幻觉了。

这个局长是不是"瘾"病发了？

阿混父子传奇

阿混是个刚读初中一年级的学生,他的人生还很短暂,其实并没有什么传奇的故事。他父亲的人生也很平凡。不过,他父子俩的确有点儿"奇"。

上午第二节是语文课,阿混打了几个哈欠,想伏桌睡觉,偏偏这节课又是个"凶神"老师上课。阿混巴不得到了下课钟响,就走到教学楼的后面,偷偷翻出围墙,骑着父亲给他买的电动摩托车在大街上狂奔。

阿混,出身屠户家庭,仗着父亲每天杀猪的便利,粉肠瘦肉吃得多了,身体肌肉横着生长,就是不长脑细胞。他的父亲虽是个杀猪的,却是 20 世纪 90 年代的高中生,屁股夹着算盘,赚钱的数字算得贼准。父亲的很多优点都能在阿混的身上得到体现,就是脑子灵活这一点没有能够继承下来。

阿混开着电动车在街道上毫无目标地乱撞。他想,平时在学校里总引不起同学们的注意,现在,在大街上耍耍骑车技术,S 形的线路走一走,还是很刺激的啊,这样,一定会招来很多奇异的目光!于是,身体左右倾斜地加速向前飞奔。走到某一路口,从侧面突然窜出一辆小轿车,阿混急忙躲闪,

红尘偶记

"嘭"的一声撞倒了停在路边等客的摩的。摩托车倒下了,他也连人带车一齐跌在路边。他艰难地爬起来,手和额头的鲜血渗出来。看来,没有伤着筋骨和内脏。这时,他像平日里在学校欺负小同学那样用手指着摩的佬骂道:"你眼盲吗?挡住我的车。你快赔我医药费!"摩的佬看到自己的车灯被碰烂了,很心痛,本来看到阿混血淋淋的样子想忍下来,此时却让他指着鼻子骂着要"赔医药费",气不知从哪里来,就抡起手掌"噼啪"扇他两巴掌,扶起摩托车开走了。

杀猪父亲听说儿子出了车祸,慌慌张张地跑回家,带儿子到医院包扎和检查。事后,杀猪父亲不是责罚儿子的逃学行为,而是追问儿子认不认得撞倒他的摩的佬,想找他敲一笔。再冷静一想,即使找到他,也不一定能揾到便宜。他敢扇他儿子的耳光,看来也不是省油的灯,就作罢了。但是,杀猪父亲看到儿子伤成这样,始终心有不服,总觉得是谁害他这样的,要找一个人买单。

有了!他灵机一动,想到了学校。去学校揾校长买单。找校长赔钱是有其道理的——

2011年夏季的某一天下午,有间小学有两个学生不回学校上课,偷偷跑到山塘里游泳,其中一个淹死了,家长来学校大吵大闹,找老师赔人命。本来,学生违反校规到校外冲凉,出问题与学校没有任何关系,最后他居然得到3万元赔偿费。如今儿子在上课期间出车祸,追究学校责任是理所当然了。

杀猪父亲气冲冲地赶到学校,找到校长问:"昨天上午上课期间,我儿子在街上出车祸了,你知道吗?"

"不知道啊。"

阿混父子传奇

 红尘偶记

"你们学校老师是怎么搞的?学生走出学校也不知道。"

"我查一查。"校长说完后找上课的老师来查问,得到了"他第二节在教室里,第三节课不见人了"的结果。转而问杀猪父亲:"你儿子因什么事走出校外?他请假了吗?"

"我哪知道?上课期间出事就是你们学校的责任。"

上课的老师忍不住说:"你儿子不请假擅自走出学校已违反纪律,如今在外面惹了事还要学校负责,这是哪一家的王法?"

"我不管。"

杀猪父亲使出平时杀猪的本领来,在学校一闹,最终如愿以偿。是啊,学校的老师是斯文人,经不起折腾;校长怕影响学校声誉和个人名声,只是想息事宁人;教育行政部门的长官也只会考虑自己的官位,推卸得了的事情就推卸。这真是当今教育的悲哀。

阿混经历了这一折腾,觉得父亲是一个伟大的父亲,能够做到无条件地溺爱自己,有理无理都偏袒自己。他那为所欲为的思想在不断膨胀。

一转眼就到了暑假。每天不忧吃不愁穿,游游荡荡过日子,快活过神仙,有谁想这么辛苦读书?开学的时候,无聊时回学校坐坐,在教室里睡腻了,又走出去玩玩,觉得生活几写意。现在放假了,整天上网玩游戏也有厌烦的时候。

一天正午,他故伎重演,骑着他的电动摩托车飞奔在大街上。同样是漫无目的,同样是S形式狂奔。更醒目的还是光着上身,一件衬衫搭在肩膀上。开到安乐路上,精彩的镜头出现了。阿混一边哼着歌儿,眼睛一边扫着左右过往的人,

阿混父子传奇

电动摩托车头突然扎入路面的一个小坑，车子一震，把他抛出路边。他朝天躺着，不动，无血，无痛。很久，有一个好事者远远地站着，看他一阵，嘀咕："还有没有？"便拿出手机打110。

交警来了，救护车来了。医生检查，各部位都不伤，只是后脑勺出现一小坑，并且有丝丝血渍。拉回到医院，经抢救，生命保住了，就是四肢不能动，也不能说话。杀猪父亲这回伤脑筋了，儿子如果医治不好，成了植物人，以后便是一个拖累，更要命的是，今次的医疗费和日后的康复治疗费用等等都是一个无底洞。他又想到要寻找与他儿子受伤有关的责任人了。找谁呢？儿子今次跌伤，不曾与谁碰着，与谁人也没有关系。找学校？这次车祸却是在暑假里，与学校没有一点瓜葛。有了！杀猪父亲经过一夜的苦思冥想后，想到了公路局。找公路局局长，让他赔钱。他这一想法同样是有依据的——

他曾经看过电视报道过一个案例：《都是蚊子惹的祸》(2007年9月12日16时22分播出)。安徽省黄山市黄山区某学校一学生被一只带病毒的蚊子叮咬，得了乙型脑炎，后来不幸身亡。为此，家长向学校索取赔偿费。家长认为儿子是被学校的蚊子叮咬的，理应赔偿。学校校长觉得不可思议，认为给点慰问金还可以，有什么理由要赔偿？难道没有可能是你家里的蚊子咬的？或者，在其他地方被蚊子咬的？即使在学校里被蚊子咬而得病，也不能算作学校的错。学校的管理制度管得住蚊子吗？即使需要管蚊子，管不住而咬着你儿子了，它一样会咬别人啊，为什么全校其他学生没有一个出

红尘偶记

现乙脑？家长与学校争执不下。于是家长将学校告到法院，聪明的法官认真分析案情，认为学校的学生宿舍管理工作做得不到位，不让这个学生挂蚊帐，负有一定责任，于是判学校赔偿50000元人民币。

儿子是在交通要道跌倒的，跌倒的原因是路面有坑洼，你公路局不是管公路建设和维护的吗？儿子在你管辖的道路上出事，你公路局不负责谁负责？《都是蚊子惹的祸》中的那个学生被蚊子咬，连是被什么地方的蚊子咬的也不知道，法院都认定学校有责任，现在明知儿子是在你管的道路上出事，公路局当然有推卸不掉的责任。

第二天上午9点多钟，杀猪父亲来到公路局局长室。

"局长，我儿子早些天在安乐路出车祸一事你知道吗？"

"不知道啊。"

"我儿子今天还在医院里昏迷不醒，你们总不当一回事，怎么行？"

"你儿子出车祸，有交警处理，有医生治疗，我们能做些什么呢？"

"道路建设和维护是不是你们管的？我儿子在你管辖的道路上出事，你们有没有责任？你们该不该赔钱？"杀猪父亲急起来了。

局长张口结舌了好一会儿。原来，他来的目的是要医疗费。这回真是秀才遇到兵，有理说不清了。局长冷静地想，他这人真不简单，自己出事居然能够想到找人垫背，看来解释是解释不清楚的，便将防守转为进攻："同志，你说的似乎是有些道理，如果按你的道理说开来，公安局是管理社会

阿混父子传奇

治安的，社会上出现偷盗、打砸抢、杀人放火的，要追究公安局的责任了；气象局是监管预测自然灾害等事务的，如果发了大台风或严重洪水灾害，人民的生命财产遭受损失，该要追究气象局的责任了……"

"这些我不管，你们就是要赔钱！"

局长微笑着说："我很想赔一笔可观的医疗费给你，就是不知道这笔账如何开支。"

局长毕竟是局长，就是不同于校长。杀猪父亲一下子不知如何是好，最后丢下一句狠话："你们不赔钱，我就向法院告你！"说完就"咚咚咚"走出局长室。

局长还是一脸微笑地说："那就最好，我就有理由支出这笔钱了。"

几天后，杀猪父亲真的找人写了状子交给法院。法院怎样判案？看来还要经过一段漫长时间。什么结果都有可能出现。《都是蚊子惹的祸》给教育界弄来了一个笑话，不知安乐路那路面的小坑，还会不会给人们弄来第二个笑话。

吴川民间的送穷日[1]

十五元宵节已过去,正月里吴川民间还有最后一个节日——送穷日。送穷,就是送走穷神,该习俗自汉代以来已有之,虽然各地送穷的形式、做法及时间不尽相同,但其表达的愿望意义是一样的。广东吴川一带农村的送穷日是正月里的最后一日。选定在这一日是有历史依据的。据《金谷园记》云:"高阳氏子瘦约,好衣敝食糜。人作新衣与之,即裂破,以火烧穿著之。宫中号曰穷子。正月晦日巷死。今人作糜,弃破衣,是日祀于巷,曰送穷鬼。"传说穷神穿破衣,吃稀饭;在正月最后一天死去。人们在这天熬粥、扔破衣、结柳为车、缚草为船,在巷口焚之。

吴川的送穷日,是小孩子的节日,有其独特的意义,就是说,即使我们的长辈不能摆脱贫困,也希望我们的子孙后代能够聪明伶俐、奋发图强、发财致富。其做法是在正月最后一天的晚上,在村前的路口边烧起一堆火,小孩子们就用预先编织好的一条火棒点着火(火棒一般是用黄麻骨做主轴

---

[1] 原载 2015 年 3 月 12 日《湛江日报》。

吴川民间的送穷日

心,然后用禾草或其他叶苗绕着麻骨按结辫子的方法编织起来的),成群结队地向村前面的田野跑去,一边跑一边大声呼喊着"送天穷,送地穷,笨个去,精个来!"只能向前奔跑,不能往后走,一直跑至火把烧完为止。小孩子"送穷",表达了每一个家庭的愿望:新的一年来了,希望贫穷、愚蠢随着火把被送走了,小孩子越来越精灵能谐①。

儿时送穷的活动还历历在目:黄昏的时候,夜幕已降临,各村庄的小孩子们一齐出动,野外星星点点的火把,闪闪烁烁;寂静的夜空传来了清脆的"送天穷"的儿童呼声,彼起此落,别有一番韵味。

---

① 能谐,吴川方言,聪明能干。

收米簿

我们经常听到人们说:"我收你米簿。""收米簿"一语的基本意义是"死",又是骂人之恶语,其意义为"打死你","你枉活在人世间","你去死吧",也有指责对方"不知好歹,说话做事伤害别人损害自己而自取灭亡"之意,如"你想收米簿了"。该语出现于"文化大革命"时期,是粤西地区民间日常使用的口头语。

"米簿"的全称是"城镇居民粮油供应证",存在于20世纪50年代到90年代初。新中国成立之初,国家实行计划经济。当时处于经济困难时期,政府为了保证城镇居民和干部的基本生活,在粮油供应方面推行重大举措,非农业户籍居民和国家工作人员每人都领有一本粮油本,也就是吴川人说的"米簿"。每人每月有定额的20多斤大米和四两花生油可购买(各城市定额量不尽相同),大米0.142元一斤,花生油0.84元一斤。它与钱币具有同样大的购买力,甚至比钱更实用。凭证购物是中国当时官方买卖市场的一个普遍现象(农贸集市除外),又比如,买煤油要有煤油证,买布料要有

收米簿

布证……国家干部比非农业户籍居民更具优势,他们不但拥有"米簿",还有稳定的工资收入,是人人羡慕向往的群体。农民们只有"面朝黄土背朝天",靠勤劳的双手耕种养活自己及家人。故"米簿"这东西最体现了城乡差别,是城镇居民及国家干部和职工最引以为自豪的资产。

拥有"米簿"便拥有很高的社会地位。

当时有一句顺口溜家喻户晓:有仔当兵冇忧冇老婆,上睇下睇冇要得咁多。那时国家有一个政策:凡是当兵,退伍或转业后,国家都会安排他们进到城市机关单位、工厂企业等部门工作。故农村人要跳出"农门",改变自己的命运,当兵是一条捷径。城市居民也一样,当兵是一条最好的路子。当了兵,就预示着自己以后可以拥有"米簿"吃"皇粮"了,当然"美女金钱"就无忧了。

记得当时有一个虽小却经典的生活插曲:"文化大革命"时期,某一农村有个姑娘,幸运地嫁给了一个在国家工作单位的职工,后来她也幸运地顶父亲的职成为国家职工,便经常故意在别人面前对她老公说:"老公,我们去打米啰。"(打米,往粮站买米之意)借以炫耀她的身份。

改革开放后,农民可以放开手脚大干,同时国家实行粮食开放政策,城乡居民收入差距缩小了,粮油本的作用也逐渐消失。1993年2月18日,《国务院关于加快粮食流通体制改革的通知》颁发,提出:积极稳妥地放开粮食价格和经营,实行了40年的城镇居民粮食供应制度(即统销制度)被取消了。"米簿"成了历史。

 红尘偶记

在经济困难时期,"米簿"是非农业人口的命根子,政府只有当此人死了才会把他的米簿收回来注销,故"收米簿"就表示"死",成了骂人的口头语。

疯　　狗

一

疯狗，原是一人家豢养的，由于长大后兽性不改，养不熟，屋主弃之。

某日，此狗跑上街道，见人便吠。某君以为它饥饿了，就把手中馒头给它。它吃完了继续伸长颈项朝人群吠。君想，或许其因做错事被主人惩罚了，心情不高兴，便用手抚慰它。它照样吠，甚至伸出前爪欲伤人。君大怒："疯狗也！"拂袖而去。

之后，人人避之。疯狗不胜孤独，有时可怜巴巴地望着人呻吟。偶尔引来一两个人之同情，语其不幸。疯狗以为自己很有本事，能引人注目了，继而狂吠。

二

过几日，某君同一批朋友在街上散步，又见疯狗追人狂吠乱抓。朋友说："此疯狗也。"君说："是疯狗也。"于是叫

红尘偶记

身边的人们远避之。朋友不解:"我们手上有棍棒,何不打死它?"

君说:"如果一棍打不死它,发起飙来,可能会伤及过往行人。再说,满街是人,不知情者会投诉我们滥杀生,惹来麻烦。"朋友说:"然也。"

人人远其而去。

三

又过数日,某君同朋友在一小巷走着,突然,疯狗从身旁蹿出来,"汪汪"狂吠,眼放凶光,张着毒牙。君说:"灭了它。"朋友发怵:"手无寸铁呀?"君说:"疯狗与老虎,谁厉害?武松空手都能打死吊睛白额大虫,何况我们现在还有几个人呢。趁此时深巷静寂无其他人,让它消失于人世吧。"说完,面对疯狗的直扑,闪过袭击,横脚踹,直拳击,将疯狗打趴在地上。最后,君抱起巷边垫脚石块朝狗头砸去,顿时,疯狗脑浆迸溅,断气。

自此,再无疯狗扰人。

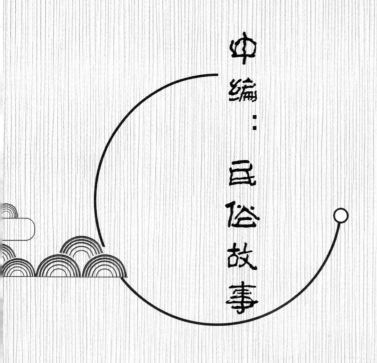

中编：民俗故事

"圣母" 冼夫人

红尘偶记

前　言

听说二十年前就有两位乡贤开始潜心致力从事弘扬冼夫人精神的事业。今年暑假，本人慕名前往电白县①电城镇山兜村瞻仰冼夫人庙，令我震撼的是展现在眼前的占地一千多亩的冼太夫人故里文化旅游景区：这里草木葱茏，历史建筑雄伟庄重，文化气氛浓郁，爱国主题鲜明。由衷敬佩两位先生的无私奉献和尊圣崇贤的精神。

美丽的冼太夫人故里文化旅游景区

走进电白山兜村，展现在我们面前的是一处秀丽的历史人文旅游景区——冼太夫人故里文化旅游景区。这里曾经是块只有一座破旧的冼太夫人娘娘庙及坟墓的荒凉土地，现在却变成了草木葱茏、鸟语花香、山清水秀的爱国历史文化旅游风景区，岭南圣母文化广场的"圣母牌坊""圣母巨型雕像""冼冯圣贤殿"等一座座饱含丰富历史文化的建筑物矗立。

本来，"圣母"冼夫人庙不单是在其故乡电白山兜有建，全国很多地方都建有冼太庙，且香火旺盛。不过，只有在冼太夫人故里，才能将她零零散散的历史遗址及文化打造成一个较大规模的景区让人瞻仰。

这是个敬仰先贤、种德积福、美丽堂皇的文化旅游景区！

---

① 2014 年，电白县与茂港区合并，改称茂名市电白区。

"圣母"冼夫人

曾经，这里是一片荒凉的地方。2003年的某日，两乡贤回故乡瞻仰冼太夫人庙（娘娘庙），看到庙宇低矮、破烂不堪，庙后面的冼太夫人墓野草、杂树丛生，心中极其难过。心想，1400多年前，家乡出现一位这样伟大的人物，为国家和民族做出了巨大的贡献，受到历朝统治者的褒扬，受万民爱戴，享千年祭拜，如今在其故里却遭如此冷遇，不禁在为故里出现这样一位伟大的女性人物感到骄傲自豪的同时又深深痛感今天人们的无知。他俩想：当今世风日下，有些人唯利是图，甚至有人为追求所谓的"民主、自由"，时常干出一些有丧国格、有损民族自尊的事情，弘扬冼夫人精神，发展冼夫人文化，是医治社会疴疾的一剂良药！再说，我们国家还没有完全统一，在这样的形势下，弘扬冼夫人爱国爱民的精神，更具有深远的历史意义和特殊的现实意义。于是，两乡贤专门成立了"茂名市岭南圣母文化产业有限公司"，倾情致力、精心打造出这片占地面积1300亩的瞻仰观光景区。

冼夫人是怎样一个人呢？请让我慢慢道来：在中国的历史上，冼夫人是唯一一个生前被尊为"圣母"的女性。她是南越首领，一生经历了混乱动荡的梁、陈、隋三个朝代。她爱国爱民，开设学校，教化民众；她追求民族统一，始终先天下之忧而忧，后天下之乐而乐；她一身正气，舍子为国，惩孙为民，抛弃生前身后之利，致力维护国家安全统一和民族和睦团结；她能行军用兵，降服诸越，消灭叛军，让废置达600年之久的海南岛回归祖国……她一生护国佑民，大爱无疆，被周恩来总理誉为"中国巾帼英雄第一人"。她诚为历世爱国之楷模，万代爱民之典范！

红尘偶记

施妙计巧歼叛军

传说冼夫人闺名叫冼百合。梁朝大同年初,她嫁给高凉太守冯宝为妻,成为太守夫人。她劝亲为善、大公无私、严明法纪,首领有犯法者,即使是亲人,也同庶民一样治罪,因此,当时的高凉地区政通人和。

梁武帝太清二年,因朝廷势弱兵寡,无法控制长江以南的地区,侯景在寿阳谋反,预先已串通很多州郡,高州刺史李迁仕便是其串通谋反的人员之一。当时,广州都督萧勃令召岭南各州郡兵力共剿侯景,李迁仕却诈病不应命。一日,李迁仕命使者召冯宝太守到高州。冼夫人同夫君冯宝分析说:"广州都督萧勃召令他居然诈病不响应,现在却无故召你去他那里,一定是有阴谋的。"冯宝说:"那怎么办?"冼夫人说:"他让你去他那里一定是想挟持你同他一起谋反,你如果不同意,他便把你当人质。你不能马上去,先看一看形势怎样发展再作打算。"

几天后,李迁仕果然公开谋反,派遣主帅杜平虏率兵进入灨石与侯景呼应。冯太守征询夫人意见说:"是否可出兵攻打平虏?"冼夫人说:"不可。平虏是一员骁勇战将,你出兵攻打他,胜算甚少。"接着贴近夫君耳边"如此这般"一番,冯太守听完,一拍桌子,大声说:"妙!"

又过两天,等杜平虏到了灨石,冼夫人率领一千多名善战的妇女担着箩筐,箩筐底下藏着兵器,上面放着粮食、布匹等物品,诈称是归顺李迁仕的,现在给他送粮草等物品来

"圣母"冼夫人

了。李迁仕见浩浩荡荡千余妇人肩挑背扛的,真的以为是送军需品的队伍,果然大喜,毫无防备,拔栅开城迎接。进入城内,冼夫人一声令下,一千多名女将立即从箩筐中拿出武器,将毫无防备的李刺史守军杀得落花流水。李迁仕只好带着几个残兵败走宁都。后来,冼夫人率兵与长城侯陈霸先会合,一同围剿瀫石,消灭了杜平虏军。此仗打得漂亮极了。

反分裂大义灭亲

长城侯陈霸先的征战节节胜利,队伍不断壮大,后来取代梁朝,建立陈朝,自封陈武帝,与北朝对峙。几年后,隋文帝统一全国。

至此,中国虽然统一了,但中原连年战乱,民不聊生。不过,岭南各州郡在冼夫人的领导下,和睦团结,免于战乱,老百姓得以休养生息。冼夫人始终以人民安居乐业为重,以国家统一大业为奋斗目标,当她知道陈朝已亡后,为避免国家再起战祸,决定率众归附隋朝。

隋朝派总管韦洸前往岭南慰问并安抚各州郡,一行人至广州。番禺首领王仲宣却不肯归附,企图闹独立、搞分裂,连同预先串通好的多路首领带兵围袭韦洸于州城。冼夫人即派孙子冯暄带兵前去救援。可是冯暄的队伍进驻城下却按兵不动。原来,冯暄碰上了逆党王仲宣的同僚陈佛智,此人是他的知己朋友,出于私情,冯暄迟迟不肯出兵。当探子将军情回报时,冼夫人大怒,即派几员心腹战将前去捉拿孙子冯暄,将他投进监狱。冼夫人再派另一个孙子冯盎带兵讨伐陈

佛智，一交战，冯军势如破竹，打败陈军，擒拿陈佛智并将之斩首。冼夫人又披甲上阵作后应，进军南海，与鹿愿军队会合，再围攻番禺，将王仲宣叛军一举消灭掉。

从此，岭南迎来清平盛世，朝廷政令直达南疆。隋文帝被冼夫人的大义及胆识所感动，追赠冼夫人的先夫冯宝为广州总管，封他为"谯国公"，封冼夫人为"谯国夫人"，封冯盎为高州刺史，赦免冯暄，并封他为罗州刺史，准许冼夫人有先斩后奏的权力。

冼夫人一生的动人事迹很多，在此只能略说一二。

冼夫人识大体、明大义，忠于祖国，忠于人民，忠于职守，使得岭南地区在战乱的年代里能安定繁荣达半个世纪，其功绩如日月光辉，其精神永垂不朽。

附：

郑华星先生随感录

  十年前，我与杨伟仁先生等人第一次到电城山兜瞻仰圣母冼太夫人，入眼便是满目昏凉，在千年娘娘庙旁边建有很多杂乱的民居、猪栏牛棚，砖砾乱石、生活垃圾也随处堆放，庙右侧高高耸立着一间小学，前座三层、后座两层的长方形的巨型钢筋混凝土建筑，气势逼人，对比之下，庙宇更显得矮小破落。走进娘娘庙，内中的景象更是触目心酸，地板坑坑洼洼，左一块右一方的发黑的青苔与丢弃在地上五颜六色的塑胶袋挑战着你的视觉极限，墙体是红砖与青砖相间，砌砖工夫特别粗糙碍眼，明显是应付了事的重修做法，屋顶桁梁多已枯朽，摇摇欲坠，时不时闻到让人牙齿生痒的虫蛀的声音；几个风烛残年的老人百无聊赖地坐在庙里庙外，显得无精打采，庙门口猪狗牛成群，庙前的几棵古凤凰树上还拴着几头大水牛，粪便随处可见，要好小心行走才不至于踩到。

  庙后面是冼太夫人墓，墓园很大，上面野草、杂树丛生，中间还走出了几条人车通行的道路来，有一部分的墓地，村

红尘偶记

民还种了农作物在上面,被翻出来的泥土里散布着很多古砖旧瓦,俯首可拾,我捡了几块砖瓦残片,并细看了一下,发现地面上很多南朝时候的青砖、唐朝的布纹瓦,宋朝越窑的瓷片。我想,要不是隋时留下的驮冼氏墓碑的龟趺石(赑屃),不是后来清嘉庆电白县知县特克星阿与盐场大使张炳同立的"隋谯国夫人冼氏墓"碑,谁曾想到这块杂乱不堪的土地下面安寝着的是威灵显赫、千古第一的圣母冼夫人?!当时心情,极之惊喜又极其难过。我伫立冼夫人墓碑前很久回不过神来,过了好一阵子,内心突然有一股难以言喻的激情油然而生,我闭目默想、默受、默念,片刻后,张开眼睛,顿感豁然开朗。

  当时,我已知道自己该做什么了,也略知今生大致的命运轨迹了,我默默地走出墓园,数度回首仰望,直至那块屹立着的花岗岩石墓碑渐渐隐于杂树乱草中。此情此景,我,潸然泪下。

贤宦高力士

　　高力士，本姓冯，名元一，岭南潘州霞洞堡冯家村（今属广东省茂名市电白区霞洞镇）人。他出身于官宦世家，是梁、陈、隋朝南越俚人女首领、"唯用一好心""事三代主"

红尘偶记

的巾帼英雄冼夫人（丈夫是高凉太守冯宝）的第六代孙，他的曾祖冯盎、祖父冯智玳、父亲冯君衡皆曾任潘州刺史。冯家的后代何以姓高呢？这里有一段冯氏家族的悲惨故事。

话说武则天长寿二年（693）年初，有人向朝廷诬告岭南的流人（被流放的犯罪之人）谋反，武则天便派酷吏万国俊等人赴岭南查处。万国俊查处草率，不做深入调查，多听一面之词，滥杀了大批流人。时任潘州刺史的冯君衡因过去与这些流人有过来往，故受到牵连，也被抄家查办。冯君衡眼看逃不过这血光之灾，想尽办法，将年仅十岁的儿子冯元一送到岭南讨击使李千里（唐太宗李世民之孙）那里，乞求收养，冯元一才躲过杀身之祸。

武则天圣历元年（698），李千里看到冯元一聪明能干，便将十五岁的他阉割净身后，改名冯力士，进奉给武则天，为太监。武则天因其聪明伶俐，让他做了贴身太监。不久，冯力士因犯小错误触怒了武则天，被"挞而逐之"。走出皇宫的冯力士无家可归，过了一段流浪的生活。后来遇到好心的宦官高延福，被收为养子，于是改姓高。高延福与武三思（武则天的侄子，时已权倾朝野）有交情，来往甚密，考虑到高力士的前途，介绍他到武家做家奴。高力士在武三思家，为人做事十分谨慎谦恭，深得武三思的信任。一年之后，武三思一为讨好武则天，二为在皇宫中安插心腹，特向武则天力荐高力士。高力士在武家成长成人，武则天是看在眼里的。武则天看到高力士是个难得的人才，故不计前嫌，又召入宫，为司宫台。过了几年，高力士在宫中也逐渐长大，体健貌伟，办事成熟稳重，说话交际善解人意，且熟悉宫中所有的规矩礼仪，被提拔为宫闱丞，掌管宫内日常事务。

高力士与杨贵妃

高力士很能体察人心，对人的了解和利用达到了炉火纯青的地步。他知道自己的身份，作为太监，要想干一番大事比其他官员要困难得多。再说，从武则天到唐中宗，又到唐睿宗，他目睹了宫廷里的君臣争权夺利，骨肉相残，每天暗藏杀机，没有一个君主朝臣是心中想着国家和百姓的。他只有忍辱负重。直到李隆基随父回宫，他才看到希望。于是，他挺身而出主动参与李隆基的宫廷政变。李隆基政变成功，即位成为玄宗皇帝。他看到皇上在治吏、治军、治国方面的雷厉风行，证实了自己目光的准确性，于是，将全副身心和真情都交给了主子。他想皇上所想，给皇上所需，得到皇帝的赏识和信任。

他先后为玄宗引荐过两个宠妃，一个是武惠妃，一个是杨贵妃。

开元二十五年（737），唐玄宗宠爱的武惠妃病死，后宫数千宫娥没有一个能使唐玄宗满意。唐玄宗除了是个睿智的皇帝外，还是个很有才华的音乐人，被后人尊为梨园师祖。他能自己作曲，他最欣赏的女人也是多才多艺的。哪个佳丽是皇帝的最佳人选呢？谁能抚慰皇帝心头的哀伤？为了能让唐玄宗定下心来主朝理政，高力士迫不得已，根据自己对宫内外佳丽的了解，向唐玄宗推荐了寿王妃杨玉环。开元二十

红尘偶记

八年（740）十月，唐玄宗游骊山，命令高力士传寿王妃杨氏等人随往，寿王李瑁本人则留在了京城。在骊山温泉宫，唐玄宗和杨玉环纵情欢歌，度过了销魂的时光。但碍于杨玉环是唐玄宗儿媳妇的身份（寿王李瑁是玄宗皇帝的亲儿子），两人要想长相厮守，困难重重。随后高力士绞尽脑汁，设计让杨玉环出家为女道士，在大明宫修建一道观，让杨玉环住进去，为玄宗与之幽会提供地方，待一段时间过去了，儿子李瑁的伤心和外界的议论让时间冲淡了，再接入宫中。一年后，也就是开元二十九年（741）十月，唐玄宗第三次和杨玉环去了骊山温泉宫，他们在那里住了将近一个月，回来后便把杨玉环接入兴庆宫。

杨玉环人很聪明，懂音律，擅长歌舞，入宫后，填词作曲、唱歌跳舞，样样皆能，甚得唐玄宗的欢心。唐玄宗对她宠爱有加，"三千宠爱在一身"，"从此君王不早朝"，封她为贵妃。杨玉环春风得意，举家均得到重用，甚至于"令天下父母心，不重生男重生女"。

一定意义上说，杨玉环的发迹和她最后的败亡，都与高力士有关。

高力士是想皇上所想，为皇上分忧，宫内外的人才利用得恰到好处。比如有一次，唐玄宗在"五凤楼酺宴"时，场上秩序大乱，在场的官员或将士没有一个能维护好，情急中，高力士即向玄宗建议急召河南丞严安，说："严安用法极严，今日非他不可！"严安到后，果然迅速整顿好现场秩序。他平时对天下人才了如指掌，识人用人能力何人能及？用今天的话来说就是领导管理能力超强，这该算是高力士屹立于宫廷中而处于不败之地的原因吧!他向玄宗引荐杨玉环,也正是他"知人"的体现。

然而"安史之乱"爆发,危及京城,唐玄宗不得不避乱逃走入川。逃到马嵬坡,将士哗变,杀死了杨贵妃的哥哥杨国忠,又胁迫玄宗杀死杨贵妃。玄宗确实不舍得杀掉最心爱的美人,责问将士:"杨国忠就算该死,关杨贵妃什么事?"高力士劝说唐玄宗:"贵妃固然无罪,然将士已杀其兄,妃在君侧,将士岂能自安?今将士安则陛下安,陛下安则天下安。"玄宗只好赐杨贵妃死。

高力士在大是大非问题上,头脑始终保持清醒。站在君主与国家利益的角度上,他是个地地道道的忠臣。

高力士与荔枝

苏东坡的"日啖荔枝三百颗,不辞长作岭南人",让岭南佳果荔枝扬名天下。荔枝的扬名,不能忘记第一个"广告推销员"高力士。

高力士在宫廷里常常让人从家乡挑选些荔枝带进宫来让身边的官员和宫女们品尝。杨贵妃一吃就爱上这岭南佳果。荔枝因杨贵妃喜食而闻名,高力士便忙于从家乡摘取向朝廷进贡。荔枝味甘、性温,入心、脾、肝经;可止呃逆,止腹泻,是顽固性呃逆及五更泻者的食疗佳品,同时有补脑健身、开胃益脾、促进食欲之功效。有人说,杨贵妃肌肤滋润,容颜美丽,正是荔枝的功劳。荔枝便成了宫廷最抢手的贡品。唐代诗人杜牧的《过华清宫》就描述了当时送荔枝的盛况:

 红尘偶记

"长安回望绣成堆,山顶千门次第开。一骑红尘妃子笑,无人知是荔枝来。"

现在的电白霞洞镇浮山岭和高州根子镇柏桥村(其实前者的地理位置处于浮山岭的阳面,后者处于浮山岭的阴面)皆有古老的荔枝园,称贡园。这贡园至今已有一千多年的历史,园内古荔丛生,形态各异,享有"荔枝博物馆"的美誉。自唐朝以来,浮山岭荔枝就成为历朝贡品。据史载,高力士贡奉给杨贵妃品尝的荔枝就摘于此园。清朝两广总督阮元写的《岭南荔枝词》中有一首说:"新歌初谱荔枝香,岂独杨妃带笑尝。应是殿前高力士,最将风味念家乡。"诗中致力描写高力士向皇宫杨贵妃他们推介家乡特产风味的情形。高力士将家乡荔枝带进宫廷,让荔枝成为贡品,使家乡的种植业兴旺起来,高力士成为高州、电白荔枝第一个"推销员",杨贵妃便是荔枝的"第一形象代言人"。

高力士与李白

高力士的"名扬后世"并非因其当时"权倾朝野",而是因跟李白有过过节,傍着著名浪漫主义诗人之名而为后世所"传诵"的。他在民间的形象很不好,人们几乎都认定,因为高力士的擅权专横,毁坏了李白的大好政治前途。事实是否真的如此呢?关于李白让高力士为自己脱靴子一事,当时确有其事。根据《新唐书·李白列传》记载:李白在侍奉玄宗的时候喝多了,趁着醉意,让高力士为自己脱靴子,因此得罪了高力士。高力士记恨在心,便在杨贵妃面前挑拨,说李白的诗

贤宦高力士

"一枝红艳露凝香,云雨巫山枉断肠,借问汉宫谁得似,可怜飞燕倚新妆"中所用的典故,是在讽刺杨贵妃。

说高力士记恨李白是事实,但他并不至于胸襟如此狭窄,故意在唐玄宗面前"打小报告",毁坏了李白的大好政治前途。

李白仕途不顺,是其自取的。最起码,一个政治家如何能够整日喝酒?一到兴起,就拿人寻开心,怎能干大事?从

红尘偶记

他个性看，直率洒脱，喜欢击剑，替人打抱不平，他的理想职业应是做一个游侠。即使在取得唐玄宗欣赏之前，他也从未显露出做官的才能。从他的诗歌来看，他欣赏的人是旅游文学家谢灵运。对于官场，他经常提到的是谢安，但看重的不是谢安的政治管理手段，而是他潇洒的行事风格。

李白有政治抱负，绝非只图做个御用填词的作家，但对于玄宗来说，李白最好的位子就是为他填词写文章；玄宗从来没有提拔他的意思。李白在感到绝望的情况下，不愿再"低眉折腰事权贵"了，因而请求归隐，以此来获得解脱。如此看来，虽然高力士很嫉恨李白，但李白的政治前途却并不是因为他而断送的。

忠君爱国，死而后已

高力士对唐玄宗的感情投资，是真情付出。他忠君是为了国家的安定和繁荣。

开元元年（713），太平公主与萧至忠、岑羲、窦怀贞、崔湜、纪处讷等人密谋，反叛李隆基。高力士又挺身而出，一马当先，参与平定太平公主及其党羽的叛乱，为皇权的稳定立下了汗马功劳，深得唐玄宗的宠信，被封为右监门卫将军、知内侍省事。后来升至骠骑大将军、开府仪同三司、内侍监（一品），封渤海郡公。一个宫廷太监担任军政要职，这在历史上是少有的。

玄宗即位初期，宰相宋璟曾对边镇权力过大充满忧虑。高力士也有同感，时时关注安禄山、史思明的动向，不时向

贤宦高力士

玄宗提醒。可是，唐玄宗一味沉湎于酒色、陶醉于往昔的文治武功，朝政多由李林甫、杨国忠把持，后来发展到任用奸邪之人。高力士多次冒死进谏，警示唐玄宗提防安禄山拥兵自重、心怀叵测，劝唐玄宗收回边事大权。忠言逆语，唐玄宗就是不听，有几次闹到不欢而散。后来终于爆发了安史之乱，直到杨贵妃殒命马嵬坡，唐玄宗才悔恨交加，对高力士说："悔不听卿言，致有今日之祸！"

高力士对皇上赤胆忠心，当国家有难时便毫不含糊，挺身而出，有所担当。历史上有多少个这样忠勇的太监贤臣？

"安史之乱"平息后，玄宗的儿子唐肃宗继位，玄宗被迎接回朝，尊为"太上皇"，高力士受到排挤。某日，高力士因事触怒了当权的宦官李辅国，被弹劾，流放至巫州（今湖南黔阳西南）。高力士在巫州写了一首《感巫州荠菜》诗："两京作芹卖，五溪无人采。夷夏虽不同，气味终不改。"高力士借物明志，表明纵有沧桑灾难，也不改本色，表现了他忠于皇帝，忠于国家的高尚情操。冼夫人在世时，每到岁末会聚集子孙于堂前训示："尔等宜尽赤心向天子。我事三代主，唯用一好心。今赐物具存，此忠孝之报也，愿汝皆思念之。"高力士不折不扣地践行了先辈的遗训，真正做到"忠孝之报"。

唐宝应元年（762），高力士遇赦北还，在返回长安的路上，一日，走到朗州时，得知太上皇唐玄宗驾崩，马上精神崩溃，望北方号啕大哭，遂呕血而卒，享年七十三岁。唐代宗钦佩高力士护卫先帝有功，诏令恢复他的所有官职，追赠他为扬州大都督，并遵照唐玄宗遗诏赐葬于泰陵陪葬玄宗。

红尘偶记

他是唯一一个陪葬玄宗的宦官。

结　语

或许由于高力士同李白、杨贵妃有复杂的关系,自李唐后,民间传说或是文艺戏曲,大多是歪曲他的人品、丑化他的形象。今天,我们要给他正名,还原他刚直和忠勇为国的本色。武则天杀了他全家,从个人恩怨上说,他同唐皇朝有不共戴天之仇,但是,为了国家的安定和兴旺,他能坦然放下个人仇恨,竭尽忠诚,事君报国。有史以来,有几个宦官具有这样的广阔胸怀?唐朝翰林待诏张少悌奉皇帝之命为他书写的墓碑是他高大完美的人格形象的有力写照!其《墓志铭》称,他在皇帝身边,能"周旋无违,献纳必可;言大小而皆入,事曲折而合符;恭而不劳,亲而不黩;谏而不忤,久而不愆。美畅于中,声闻于外"(唐代尚书驾部员外郎知制诰潘炎奉皇帝的命令撰写)。《神道碑》云:"公中立而不倚,得君而不骄,顺而不谀,谏而不犯。"

这就是唐朝忠宦高力士!

学宫门前的"龙"与"虎"

传说,吴川学宫大门口的两幅"龙虎"画是神画。究竟学宫是怎样一座建筑?"龙"和"虎"神在哪里?

吴川学宫位于广东省吴川市吴阳镇,始建于元朝至正九年(1349),由主簿唐必达、教谕吴仲元兴建,是当地发展文化教育、培养英才的摇篮。在历史上,它曾是吴川的最高学府,享有盛誉,培育了很多著名人物。清代状元林召棠、首任驻美大使陈兰彬等,均曾在此就学。

学宫是一座矩形的宫殿式建筑。沿中轴线,依次为戟门、大成殿、崇圣祠、明伦堂、尊经阁,总建筑面积1000多平方米。

戟门是大门,两旁各绘有一幅活灵活现的"龙虎"画,左为"青龙",右为"白虎",龙腾虎跃,栩栩如生。尤其是白虎,虎毛柔滑,两睛凶猛,张牙舞爪,恰似从深山密林中窜出扑食一样,其灵动、生猛之势令人惊叹。当地百姓说这龙虎是学宫的卫士。龙坐镇号令,虎冲锋陷阵。每当夜深人静,这个"老虎"脱墙而出,在附近街巷巡走,保学宫一带的平安。

红尘偶记

有一年，鉴江洪水暴发，江堤崩塌，洪水淹没两岸的田园和村庄。庄稼浸死，淹死和饿死的人畜无数。这时，连海盗山匪也受到饥饿的威胁，因为无村可抢，无人可劫。

一日，有一队强盗从阳江电白一直抢到吴川来。傍晚，来到吴川街，他们远远听到学宫里面有很多小孩的声音，朦胧中又看到学宫富丽堂皇，以为是大户人家的住宅，一定有很多粮食和财物，于是红眼山大王便命令匪徒围上去抢劫。他们来到大门口，眼看就要冲进去掠夺时，突然，龙一点头，猛虎即从门边窜出，冲向匪群，张开血口大吼，红眼山大王惊惶失措，掉头逃走。刚才躲避山匪缩回家中的街坊从窗口看到匪徒四散逃命，感到奇怪。有几个大胆的便走出门口张望，隐约中见到有只猛虎在追赶匪徒，有两个瘦弱的匪徒还跌倒在街边。白虎赶走了匪徒后悄悄返回学宫。

自此以后，"龙神虎猛"的故事远播四方，学宫及吴川街一带便再无盗匪骚扰。几百年来，学宫平安吉祥，教学成果卓著，年年桃李，岁岁芬芳，这与青龙白虎的镇守护卫是分不开的。

学宫门前的"龙"与"虎"

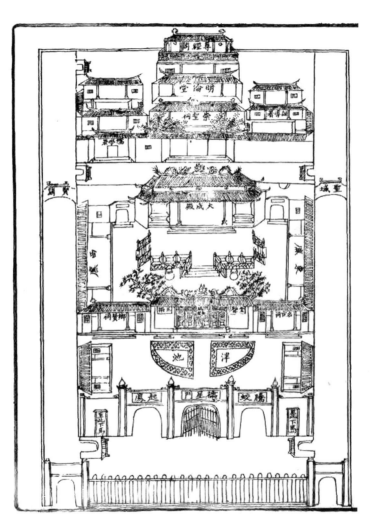

吴川学宫平面图

东春轩[1]

清道光年间,吴川林召棠高中状元后还乡,并不是像其他中状元的人那样衣锦还乡,风风光光大摆排场,而是只要一个跟班的侍从,便衣简装上路。

一日,回到本地梅菉圩的林召棠顺便进入了一间理发店理一下头发。不一会,趁圩的人们有的认出了林召棠,惊喜地说:"新科状元回来了!"街上一下子沸腾了起来,纷纷向理发店涌来。这时,正在给林召棠挖耳屎的理发佬听人说"新科状元回来了",就一边挖一边问:"在边处[2]呀?在边处呀?"眼睛不停地朝街外望。由于工作心不在焉,竟把林召棠状元的耳朵挖出血来。待后来知道正在理发的就是林召棠状元时,惊喜万分。惊的是挖伤了状元的耳朵,喜的是今天难得状元到店里理发,一定会使他的店面沾光。他顾不得向状元赔罪,只想着如何才能使他的店日后生意更好。他觉得今天机会难逢,如果得到状元赐几个字,以后生意一定会兴

---

[1] 原载《湛江日报》1999年10月19日。
[2] 边处,吴川方言,意为"哪里"。

东春轩

隆起来。随即取来纸张笔墨请林召棠状元赐墨。林状元见他手艺粗糙，又别有用心，有点不愿意。无奈他死缠硬要，只好接过笔来，略一思考，便在纸上大书三个字："东春轩"。理发佬十分得意地把这三个字装裱在木框上高高挂在门前，逢人就说："这是新科状元林召棠的赐书。"借此招揽生意。

 红尘偶记

这三个字,理发佬当然不明其意,就是其他骚人墨客也一时未解其意。

有一日,一个过去的同窗好友来拜访林召棠时,问起"东春轩"之事,林召棠微微一笑,说:"这有何深意。东——东懂冻督;春——春蠢衬出;轩——轩显欠血。'东春轩'就是'督①出血'之意也。"当即讲述那天理发的情形。

"东春轩"就是"督出血",这个解释很快就在群众中传开来。理发佬听了又羞又气,立即拆下横匾。原以为能借状元之墨迹沾光,这回真是聪明反被聪明误,理发店以后便无人敢光顾了。

---

① 督,吴川方言,意为"挖"。

嫉恨贪官如仇敌

 红尘偶记

康熙、乾隆王朝,是清朝最强盛的时候,到了道光年间,清朝开始走向衰落,特别是穆彰阿为相时期,朝廷更加腐败。

有一年,穆彰阿生日,大摆寿宴,奸佞之依附者趁此机会争相送礼。林召棠鄙视趋炎附势者,但作为下属(时任陕甘正主考官),又不能不送礼作表示,便以五百两银作寿礼。穆彰阿大怒,嫌其礼薄,拒而不受。后来,叫管家去见林召棠,说要借两万两银票。林召棠知他在出难题,可是自己两袖清风,实是进退两难。有知己朋友建议,如果送他几千两银,并亲向穆彰阿请罪,可能求得他宽恕。但是,林状元一生清正,哪能"为五斗米折腰"?他平时看到穆彰阿作威作福,已是忍无可忍,今又想借机敲诈,这口气实是无法咽得下的。想到奸臣当政,忠臣遭殃,于是决定告别官场。

道光十二年(1832),林召棠以母亲年老需要回家侍奉为由,上表乞终养,告别清廷。

林召棠告别仕途的第二年,受制军卢厚生之聘到端州执教。先在广雅书院,后到肇庆端溪书院,执教时间长达十五个春秋。由于他治学严谨,教导有方,经他培养和教育出来的有尚书罗惇衍、侍郎冯冀等一批俊才。

人们说:有状元学生,无状元先生,但林召棠不但能为状元学生,状元先生也做得很好。他不慕荣华富贵,潜心教书育人,其精神是难能可贵的。

咸丰皇帝登基,有起用先朝老臣的意思。与林召棠同科的榜眼王广荫当时为右庶子,窥知皇意,曾致书林召棠,但召棠不愿出仕。王广荫后又用红色金花龙凤笺书函,其中有"圣眷方殷,臣心如水,何高尚若是?"话带怨意,而林召棠

东春轩

始终不愿再出仕。

林召棠不尚浮华，甘于淡薄，王广荫出于友情，奏请朝廷，将吴川盐围税补给他，但他不受，后由陈兰彬复送回京。

62岁的林召棠辞聘回乡，在金莲庵旁建泡影园，于园门自撰对联为：

> 海潮江月自今古，
> 园鸟林花同笑言。

晚年的状元公有陶渊明的"采菊东篱下，悠然见南山"的豁达和雅兴，每天养养花，剪剪草，以诗酒自娱。主要著作有《治家格言》《心亭亭居诗存》《心亭亭居文存》《心亭亭居笔记》等。

"状元糕"的故事

吴川人没有几个不知道状元糕的,状元糕是广东省吴川一带的地方特产。状元糕是如何制作的?为什么说它是特产呢?这里面有一段有趣的传说哩!

传说林召棠家境贫困。上京会试,路途遥远,历经万水千山,而带的盘缠又不多。妻子孙氏怕他沿途受饥挨饿,就用糯米掺粳米舂成粉,把粉炒熟以后加水及糖搅拌,先搓成一团团,再压扁成一块块,然后用炭火烤成干糕,让召棠在上京路上吃。林召棠上京,就以随带的干糕充饥。数月以后,赶到了京城,住在一家离考场不远的客栈里。由于吃的是妻子为他准备的干糕,也没有水土不服之感,从而保持了身体的健康。殿试前,他饿了,也吃块干糕,因而文思泉涌,对答如流,考试独占鳌头,中了状元。

一日,主考官召见林召棠。主考官见他穿着简朴,便问他远道跋涉,旅途中吃些什么?林召棠便取出口袋中仅存的一块糕饼递给主考官。主考官尝了一口,说:"真香脆可口,不愧为广东的'状元糕'。"林召棠还乡后,"状元糕"的芳名便传开了。

"状元糕"的故事

后来,人们又不断改进制作工艺,把这种糕加工成红、白二色的长方形大小的糕点,面上还印着状元像或"状元"两个字,十个一叠,还用红纸包装。

随着时间的推移,"状元糕"的功用不断扩大。在吴川一带城乡,状元糕除了食用外,更重要的是它代表着喜庆吉祥的意义:但凡结婚喜庆、添丁贺寿、新居入火、祈福还神、年节拜神、清明扫墓和各种神功事宜都可见到它的身影。村里或街坊邻舍家中有子女订婚、新婚后新人三朝回门、小孩满月、老人寿诞等等都会挨家挨户分发这些状元糕、龙凤饼或各种的糙。邻里间互相关怀、和睦相处、互相分享快乐,这或许是吴川人的一种邻里情怀吧。小时候物质匮乏,看到邻里"分糕分糙",都会屁颠屁颠地跟在后面或者飞快跑回家中等待,那种期盼至今难忘。随着物质生活水平提高,状元糕作为吃的食物,人们不一定个个热衷了,但是今天同样每逢节日、大小事宜都会用它,状元糕已经是作为一种喜庆食物的礼品了。

 红尘偶记

穷孩子和老先生

竹园村的一个贫穷人家的孩子名叫江全,十分勤奋好学,因家里无钱,不能进私塾读书,只能够在劳动之余向邻居一些要好的小朋友借来识字课本自学,不懂的东西就向别人请教,虚心好问。几年间,居然能够吟诗作对,填词述文了。远近的人们在劝导自己的孩子要勤奋读书学习的时候,无不拿江全作榜样,都是说:"你看人家江全多勤奋、多聪明!"

本村有一个教私塾的老先生,听到人人都夸赞江全,就一肚子不服气,他心里想:我来竹园村教了几年书,还未见一个学生能述书作文,你一个马骝①仔自学能吟诗作对?

一日中午,老先生在村边散步时,见到榕荫树下的江全正在入迷地读书,心中就想试一试他究竟有多少文才,顺便羞辱一下他,看他能否有反应。于是就走到江全的前面去说:"喂,听说你勤奋好学,很有才华?"江全忙说:"不敢不敢。"很有礼貌的样子。老先生又说:"我现在出一个对句,你如果能对出来,就确实不简单了。"

---

① 马骝,粤语方言,即猴子。

江全说:"小人斗胆请老先生指教了。"

老先生说:"好,我出上句:猕猴进深山锯木,问马骝仔如何对锯(句)?"

江全一听,十分恼火:我对老先生毕恭毕敬,你看不起我不要紧,现在却开口骂人,说我是马骝仔在对句,你这样的人品怎能做先生?那么你做初一我做十五!于是略一沉吟,就一字一板的回敬他:

"饿马入涾塘吃草,看老畜生怎样出蹄(题)?"

老先生听了只有干瞪眼。

梁柱题诗

明武宗微服出巡江南,太师梁柱担心武宗的安全,便扮作算命先生南下护主。一日来到一座小县城,投宿在一间小客店。每天早上就到各乡村寻访武宗的行踪,晚上回到客店休息,早出晚归。梁柱在客店里住了几天,了解到客店老板名叫梁亚友,为人诚实,热情待人,且和自己同姓,心中就有想帮他一把的打算。

一天的傍晚,梁柱从外地回来,见到城中一富贵人家内院张灯结彩,宾客如流,像是摆酒席办什么喜事,便向街坊打听个中详细的情况。街坊说:"先生是外地人,有所不知吧?这是本县一位姓文的知县府第,今晚在摆酒庆贺他的太太五十大寿。这位文知县真是有福气呀,他早年娶了一个丫鬟为妻,夫妻恩爱,生下五个男孩,有权有财又人丁兴旺!"

梁柱决定进去看一看,便在文知县府第的大门前踱来踱去,并不停地叫"算命",早有奴仆禀报县官。文知县难得今日这么高兴,就叫人请他进来饮酒。梁柱也不客气,大踏步走进府内。看见各筵席的宾客早已坐定,只等待出菜。只有大厅中那一首席的有头有面的宾客还在推让"上位",未

红尘偶记

曾就座。各人谦恭地点头弯腰,"请请"不断,梁柱毫不客气地直到这"上位"落座,其他客人也就陆陆续续地坐定了。不过,各人内心不断嘀咕:这是哪来的算命佬?真是狂妄不懂礼节,我们这批有权有财有势的客人都不敢贸然就座,他竟敢这么大胆地坐"上位",等一会要给他出难题,看他的狼狈相。

酒至半酣,文知县叫一个丫鬟拿出一幅画来,对大家说:"各位大人,早几天知府大人路过本县,特到文某舍下做客,送给文某一幅'天仙图'。"说着便将画慢慢地展开呈给大家看,于是满座"啧啧"称赞。文知县说:"画的确美,但似乎缺少一点什么,显得美中不足。后来,我想,要是在画中题上一首诗,那不是锦上添花?"于是满座又是一阵"是呀是呀"的附和声。文接着说:"现在各位大人皆是本县有身份的人物,哪一位能给文某赏个光,在画中赐个墨宝?"于是满座鸦雀无声,各人面面相觑。一会儿,一客人站起来说:"我给文老爷推荐一个人吧。大家看看,这位算命先生敢坐我们筵席的'上位',他一定才高八斗,我看让他题一首诗,一定是很好的。"说完,露出鄙夷的笑。其他人鼓着一肚子气,心里说:早该让他出丑出丑才是。就一齐说"是呀是呀,请吧请吧"。文知县却满脸不高兴起来,心想:谁知这位算命佬能写些什么出来!梁柱却也不推辞,只抱拳向各位拱拱手,说:"小人就献丑了。"桌子搬来了,笔墨砚拿来,画展开了,梁柱提笔就在画上写上第一句:"夫人本是丫鬟身。""什么?"满座狐疑。谁不知道文知县娶一个丫鬟为妻,生了五个男丁,今日你来挖文知县的痛脚,你这算命先生真

梁柱题诗

是不知好歹!梁柱继续写道:"月里嫦娥降世尘。""哦。"大家松了一口气,不约而同说:"好诗,好诗。"在一片赞叹声中,第三句写出来了:"生下五男皆是贼。""贼"字一出,全场惊愕了,有个别气盛的客人大吼道:"你这算命佬,今晚是故意给我们知县大人丢脸吗,我们决不放过你!"大家愤然,为县官抱不平。梁柱似乎视而不见,听而不闻,继续写完最后一句:"蟠桃偷得奉娘亲。"紧接着在左下方题名"广东梁丨",他用这有力的一竖代替"柱"字。写完后轻轻放下笔,抱拳拱手道:"诸位见笑了,见笑了!小人失陪了,失陪了!"说完,拿起他的拐杖走出大门去了。这批客人回过神来,细细斟酌该诗,觉得虽是一句丑一句好,但总体看,是一首好诗呀,不是一般秀才、举人能够即席挥毫写得出来的。再看诗句的文字的笔画,苍劲有力,字与字之间结构配合浑然一体,有如行云流水,一泻千里,在座有谁有这样的功底?大家从心里佩服这位算命先生的出众才华。这人是谁呢?不会是一个算命先生这么简单呀。众客人把目光落在该诗的落款上,对"梁丨"不得要领。大家议论开来:这一竖表示什么呢?是"梁竖"?表示"一",是"梁一"?表示"一企"?是"梁企"?似,也不似。有个人联想更广阔,认为这一竖莫非表示一条柱子立着,是"梁柱"?"不错,是梁柱,当今朝廷的太师,我看过他写的文章。"这客人一下子兴奋起来说:"这一竖表示一条柱子立着,是当今朝廷太师梁柱。"其他客人也一下子醒悟似的说:"是呀!是梁柱。不是梁柱太师还有谁敢坐我们筵席的上位?""不是梁太师怎能写出如此美的诗?"众人唾沫横飞地大发议论时,心中早已

红尘偶记

有拜访巴结梁柱的主意。

却说梁柱回到客店,问梁亚友说:"老板开店多久了?"梁亚友照实说:"有五个年头了。"梁柱又问:"老板想发财还是想做官?"梁亚友对梁柱的问话根本不放在心上,想到自己是一个平民百姓,哪有本事做官?能发财已是不错了,就随口应道:"想发财。"梁柱又说:"想发财不难。我今晚有事要离开这里了,明天如有人提着礼物来见我这个算命先生,你就一一照收下来,并说'先生今天"免见"'就行。"说完就卷起简单的行李消失在夜幕中。

第二天早上,第一个进客店的是县城的丁举人,带着两个随从,提着两箱银两和宝石来求见算命先生。老板梁亚友招呼他说:"先生叫将礼物放下,今天免见。"丁举人便说道:"好好,改日再来拜见。"回家了。第二个便是文知县求见,梁亚友照样说:"先生让我代收礼物,今日免见。"文知县放下礼物回家了。接着是富翁、财主、商贾巨头前来拜见。据统计,当天就有二十多个本县有头有脸的人物到来拜访,礼物共五十箱,第二第三日,拜访者同样络绎不断。金银珠宝、绫罗绸缎塞满了一个小客房。梁亚友心想:这个算命先生是什么人?为什么有这么多权贵送礼?为什么还不回来取礼物?出去一打探,方知他是当今鼎鼎有名的太师梁柱,方想起前天晚上算命先生问起"想发财还是想做官"这一事来,因此就将这些财物收藏起来,并转让了这间小客店,返回老家建房子、置田买地去了。

尿壶命

梁柱系广东人，明朝正德年间，官至朝廷太师。某年，梁太师奉旨微服深入民间，了解民情。梁柱打扮成算命占卦的老先生。一日，来到一座小县城，投宿在一间小客店，店主盛情地接待他。从此，梁柱白天便化装成算命占卦先生，走村串巷，借算命深入民间，体察民情，晚上便回店休息。

这天，梁柱来到某一村中。其时，有一个粗眉大眼、虎背熊腰的大汉，后面拥着一群人，前来要梁柱给他算一算命。梁柱一看此人便猜出他是个独霸一方的地头蛇，就有心奚落一下他。梁柱问过大汉的年庚后，屈起手指头，甲乙丙丁、子丑寅卯一番后，对这大汉说："你命中推来本应曲折奔波，但耳大口阔，这一相弥补了你命运之不足。男人耳大装风、口阔吃四方，风流快活。你很有福气，三更有得饮，半夜有得醉。"大汉情不自禁地夸赞道："先生高见！我这个人就是到哪里吃到哪里，常常是一醉方休。""你一生有五个儿子，三个在身边，两个在外面。""对呀对呀。"大汉不停地点头。"你百岁归老时，坐得很高，而且很排场，高声响亮。"算完命后，大汉喜气洋洋，口中不断说这先生算命"很灵"，又

红尘偶记

说自己很有福气,命好。

来到大榕树下,大汉又向在树下乘凉的人们重述刚才梁柱算他的命理的情形,大吹大擂自己如何行运风光。此时,一个文弱的年轻人瞟了他一眼,鄙视他说:"哼!你高兴得太早了,算命先生说你的命是尿壶命,你还蒙在鼓里。""尿壶命?尿壶命是乜个命?"大汉止住笑,瞪大眼睛疑惑地问。"半夜尿壶,是贱命。"年轻人继续说,"尿壶的耳和口很大,让人在夜里方便提背着来屙尿,这不正是'三更有得饮,半夜有得醉'?这就是尿壶的口福。一个人的手掌有五个手指,提壶时是三个手指握住壶耳,拇指和食指离开壶耳,这不就是'三个儿子在身边,两个在外面'?你百年归老就是尿壶被砸烂的时候。尿壶只有从高处落到低处才会被砸烂。尿壶是缸瓦做的,砸烂时当然是很响亮了。这就是你百岁归老时,'坐得高、高声响亮'的结局。"乘凉的人听了都觉得算命先生替自己骂了一通这地头蛇,哄然大笑起来,心中感到痛快。

这地头蛇听了,气得胡须直竖,七窍生烟,鼓着腮说:"这老不死的算命佬,我就去收拾他!"

马骝听[1]鼓箸[2]

九月初十,是广应堂庙重修入主的喜日,庙里庙外装饰一新,华灯亮丽。早上,劏狗六爹难得好心情,有雅兴,便来观赏"神光普照"。当来到庙门口时,却被一批乡绅挡在门口:"六爹请止步。"六爹板起脸孔问:"为何不让我进去参拜?"乡绅们你望我我望你,一时不知怎么样回答,显出难色。六爹看见他们的神色,心中已明白了几分:这批乡绅中有不少是曾被六爹羞辱过的,早已怀恨在心,今天想借机报复,就继续说:"你们不说出个子丑寅卯来,就请让开一边。"一个乡绅说:"上回康王菩萨重上金身时斋戒,你却在斋棚劏狗煮狗肉破戒,你满肚子狗肉得罪了菩萨,菩萨不欢迎你。"六爹冷笑说:"你们各位昨晚吃了一肚胀胀的猪牛羊鸡鸭鹅,今天还未屙出来吧?你们满肚子畜生,早已玷污了菩萨神明了。"这话引起了周围的群众哄堂大笑。这批乡绅张口结舌,六爹说完就大踏步跨进庙里。

---

[1] 听,除表示"用耳朵接受声音"外,吴川方言中还表示"等待"。
[2] 原载广东民间文艺会协家主办的《天南》杂志2000年第5期。

　　一个乡绅忙站出来打圆场:"各位各位,今天是广应堂菩萨入主的大喜日子,大家应讲些开心的事情才是,不如这样吧,六爷满腹经纶,就讲一段故事来听听,让大家开心开心,人神共庆,好吧?"六爷就微微一笑说:"好,好。各位

马骝听鼓箸

豪绅想听故事,那就让我细细道来——从前,有一个放牛娃很喜欢打鼓,每天赶牛上山坡放牧时都带着鼓去学打。动听的鼓声引来了山上的一帮马骝。有一日,放牛娃刚到山坡上,这帮马骝就围上来要放牛娃打鼓给它们听。放牛娃说'好',就拿出鼓来,可是翻遍全身的衣袋也不见鼓箸,就说:'我忘记带鼓箸了,你们这帮马骝在此听一听,我回家拿鼓箸来。'——故事讲完了。"六爹扬长而去。

过了好一会儿,一个乡绅猛一拍头壳说:"我们又被剮狗六爹耍了,他骂我们这一班人是'马骝',在这里听故事①哪。"

---

① 粤语"鼓箸"与"故事"谐音;听,有"等"的意思。"听故事"谐音"等鼓箸"。鼓箸,即敲鼓用的木槌。

附：

弘扬劀狗六爹精神是时代的需要[①]

  劀狗六爹，清朝乾隆年间生活在粤西的一个岁贡生，辞世至今已有两百多年，他的故事一直在人民群众中间传颂着，说明他是深受劳动人民爱戴的。今天，人民群众已把他推崇为一位机智勇敢的大侠式英雄人物。因为他不仅文采出众，更主要的是他敢于站在被压迫、被剥削的劳苦人民的立场上，敢于与贪官污吏、土豪劣绅作斗争，伸张正义，除恶济困；敢于嘲弄封建迷信，具有朴素的唯物主义精神。著名作家臧克家在纪念鲁迅先生逝世13周年时，写了一首诗，题目是《有的人——纪念鲁迅有感》。诗中这样写道："有的人活着/他已经死了；/有的人死了/他还活着。//有的人/骑在人民头上：'啊，我多伟大！'/有的人/俯下身子给人民当牛马。//……"我看拿他这首诗赞扬劀狗六爹，是最恰当不过了。
  中国人自古以来就鼓励读书，"书中自有颜如玉，书中

[①] 原载《湛江日报》2011年3月25日。

附：弘扬劏狗六爹精神是时代的需要

自有黄金屋"。一旦乡试殿试高中,便能跻身于仕途。"三年清知府,十万雪花银。"那么当了官如何能发财呢?他们岂不是贪赃枉法,鱼肉百姓,搜刮民脂民膏,才有"十万雪花银"?劳动人民对官僚的无恶不作、为所欲为,已是恨之入骨。话又说回来,中国人多数是明哲保身,或"事不关己,高高挂起"的,俗话说"贫不可同富斗,民不可同官争",在这样一种黑暗的社会环境下,劏狗六爹能利用自己的聪明才智与贪官污吏、土豪劣绅作斗争,为老百姓主持公道、伸张正气,这种斗争精神是难能可贵的。正因为他具有这种斗争精神,他的思想言行才在劳动人民心中扎根,他的故事才被后世人代代传诵,他的形象才为后世人所景仰。劏狗六爹不但是麦氏家族的光荣,也是塘尾乃至粤西和广东人民的光荣。

让我们再来重温一下现已家喻户晓的劏狗六爹的故事,就会觉得今天研究劏狗六爹的事迹和学习他的精神具有很强的历史意义和现实意义。

第一类故事:与贪官污吏和土豪劣绅作斗争。李庆云先生搜集的《状元游金街》反映了当时老百姓对贪官的仇恨。故事叙述了劏狗六爹敢于站出来智斗县官,在灯笼上写上"想状元",然后召集一批人装作跟随状元游金街的阵势,戏弄了县官一顿,为老百姓出了一口气,表明了六爹对封建礼教制度的蔑视和对官僚的鄙弃。钟景明先生搜集的《戏弄劣绅》记叙了六爹针对当时一批土豪劣绅在乡里横行霸道、经常"白吃"的情况,借在堂弟娶媳妇的酒宴上将劣绅的长衫拿去当铺典当掉,从而杀了"土霸王"的嚣张气焰的故事。

红尘偶记

故事突出了他过人的胆识。还有郑庆云先生搜集的《副狗六爹做媒人》，杨振泉先生搜集的《六爹猜谜》，钟景明、李春风先生搜集的《看我两文钱》等，都体现出六爹鲜明的劳动人民立场、敢斗贪官和土豪劣绅的大无畏的精神。这种爱憎分明的思想和斗争勇气值得人们崇敬和学习。

第二类故事：坚定彻底地反封建迷信。封建社会经历了漫长的两千多年，封建迷信思想在群众的心中根深蒂固，就是现在，迷信风水、命运、神鬼的还大有人在。在两百多年前的封建时代的清朝，副狗六爹就能够蔑视神灵，戏弄鬼怪，不仅在当时是一个绝无仅有的"奇人"，就是在宣传破除封建迷信、崇尚科学文明一百多年后（从五四运动算起）的今天的人们眼中看来，他的行为也是一个奇迹。李庆云先生搜集的《人无神力寸步难行》，写副狗六爹走路时，遇上一个被水冲开的决口，跨不过去，便从旁边的土地公庙中捧来一块人头大的石菩萨，铺在决口上，从上面踏过去。钟景明先生搜集的《酬神》，写副狗六爹前往土地公庙还愿，用绳子拉着一头活猪，绑在土地公公脖子上，拜完烧鞭炮时，吓得这头活猪拖着石头做的土地公公跑回他身侧，副狗六爹还用嘲讽的口吻说："哎呀，土地公公，太客气了，你老人家不领全猪也就算了，为什么还要亲自送回来？"这种戏弄神鬼的彻底反封建迷信的精神，谁人具有？今天，很多人不是自称为无神论者吗？他们能够拿出六爹这样的行动来吗？

社会已跨进21世纪。我国早已是一个法治国家，科学昌明，但由于封建遗毒还未能彻底肃清，还时有一些死灰复燃的现象。诸如为官者一边贪赃枉法、卖官鬻爵，一边在办公

附：弘扬劏狗六爹精神是时代的需要

室摆"风水局"；流氓阿飞横行乡里，无恶不作；占卜睇花算命，时现街头巷里；重建神庙，大兴土木……六爹如果还在世，定坐不稳、睡不安，定会继续与这些不良现象作斗争。我们今天的社会还很需要劏狗六爹的精神，时代呼唤更多具有劏狗六爹精神的英雄们起来与腐败、邪恶和愚弄百姓的神鬼作斗争。我们高歌六爹精神，旨在让六爹精神得以发扬光大。他的精神是中华民族一笔宝贵的财富，他的精神是我们创建美好家园、建设中国梦、推动社会发展的动力。

时代非常需要劏狗六爹的精神！

退兵计

从前,有个落魄书生穷到无米下锅,又不肯放下架子来耕田。一年三百六十五日,几乎是靠往这个亲戚家住几天,到那个朋友家吃几日度过。三十多岁了,还没有成家,亲戚朋友也拿他没有办法。

有一回,他在一个朋友家里住了五六天,还没有要回家的意思。朋友的家境也不好,一日三餐的稀粥刚够糊口,再加上每天还要手不停脚不歇地出田垌耕作,哪有空余时间陪客人?朋友万般无奈之下,想出一条"退兵计"来。这天黄昏,朋友牵着他的八岁儿子去邀请这位穷书生一起出村外散步。他们走到一条田埂上,看见几步远的田间立着一个稻草人。小孩子就问爸爸:"你看前面那个是什么人呀?"爸爸瓮声瓮气地说:"是人!说他是人怎么还不回家呢?"穷书生听出了话中有话,知道朋友是故意讽刺他的,便于次日一早辞别回家了。

江山易改,本性难移。穷书生在家里挨不了多少天,想到舅父是自己最亲的人,大概不会嫌弃外甥郎吧。于是他又去探望舅父。

退兵计

舅父知这个外甥好吃懒做,读书毫无长进又好高骛远,大事做不来,小事不想干,决计要去教训教训他。

一日正午,来了一个乞丐,背着包,拿着碗,乞钱乞食。舅父见他牛高马大,四肢健全,就指着墙壁的一堆桁条木说:"朋友,你帮我搬开这堆桁条,我给你工钱,给你饭吃。"让他把桁条搬到屋后的园子里。一小时之后搬完了,舅父又叫他将桁条搬回到墙壁边。外甥觉得奇怪,问舅父:"你叫他搬来搬去,不是做枉工吗?"舅父严肃地说:"他付出劳动,获得报酬是应该的。他年轻力壮,身体健康,又无残疾,他完全可以凭着自己的劳动养活自己。为什么要乞讨呢?"停了一会,舅父转过脸对着外甥继续说:"我要让他明白,一个正常男人,拳头打爆石①,却长年地到这家乞,去那家讨,不是最可耻的吗?他应该要用自己的双手去创造财富,养活自己和家人,而不能总是想着不劳而获。如果这样继续下去,谁见谁驱赶。"穷书生听出了舅父的严厉指责,分明是不留情面地下逐客令了,只不过是委婉一些。他羞得脸红一阵,白一阵。晚饭也无心吃,灰溜溜地回家了。

看来,读书人耍赖还是有办法"退"得了的,如果是"白丁"撒野呢?那可能就永无宁日了。

---

① 拳头打爆石,吴川方言,比喻年富力强,血气方刚。

鲤鱼岭的传说[①]

坐落在振文镇水口管理区的旧江堤上的一座土丘,形似鲤鱼,当地人叫它"鲤鱼岭"。鲤鱼岭与吴川县梅菉镇隔江相望。关于这座岭,有一段悲壮的故事。

吴川鉴江西岸是一片广阔的平原。相传六七百年前,这里江堤破烂,洪水一来,便成汪洋大海,是一个荒无人烟的地方。一日,有个体魄健壮的流浪汉来到这里,在破堤边搭起了一间茅寮住下。他决心用勤劳的双手在这里开荒种田,修补河堤,造福庶民。

一晚,他收工后在江中冲凉,忽然听到有个女人的声音叫他。他觉得奇怪,心想,这里除他以外,别无人家,哪来人声?这青年汉子循声望去,见岸上站着一位穿红袍的姑娘,修长的身段,睁着一双水汪汪的大眼睛,美若天仙。她脉脉含情地对他说:"亚哥,你收留我做你的帮手吧。"流浪汉见她美丽淳朴、举止大方、语言诚恳,便同意了。从此,他们

---

① 原载《湛江文学》1994年第5期。

鲤鱼岭的传说

两人生活在一起,男的修堤,女的开荒种田,不到一年,不但把江堤修好了,荒地上也长出了沉甸甸的谷子来。

这件事很快在当地传开来了。附近村子有一个恶霸名叫张万善,听说这青年汉子的女人很漂亮,就垂涎三尺。

一日,他带领一帮家丁找到这间茅寮来,硬说这一带地方是属他管辖的,要这汉子交出二十担谷子作租子,否则就要拉他的女人顶租。

二十担租,哪有这么多谷子呢?

一个天气阴沉的晚上,张万善真的带领一帮家丁抬着轿子来抢人了。说也奇怪,姑娘并不反抗,任由他们推上轿子抬走。等抬到家门口打开轿门一看,哪里有人影?恶霸张万善气得三角眼翻白,骂了一番家丁后,命令他们再次抢人。这回家丁七手八脚把姑娘捆得结结实实,以为这样就万无一失了,谁知抬回家一看,同样没个人影。他哪里知道,姑娘原是在鉴江水中修炼了一千多年的鲤鱼精变的?张万善抢了两次不成,知道她是不好惹的,便起杀人之心。恶霸趁一场暴风雨过后,亲自带领家丁拿着锄铲趁江洪暴发之际把江堤挖开,欲把这对年轻夫妻淹死。不一阵,江堤挖开了,顷刻间洪水沿决口一泻而下。鲤鱼精看到这情景,忍无可忍。她想到不开杀戒不行,但一开杀戒,就要恢复原形了啊!辛辛苦苦修炼了一千多年的功劳不就如东流之水了?望着汹涌的江水淹没了田园,淹没了村庄,鲤鱼精管不了那么多了,咬咬牙,朝着决堤一步一步地走过去,使出修炼多年的"点穴"法来,只见她轻轻地把手招几下,恶霸张万善及家丁们

 **红尘偶记**

随即跌落水中。这时，鲤鱼精纵身一跃，跳进决口。刹那间，一声巨响，决口处涌起一座高高的土丘，堵塞住洪水的入侵，老百姓的生命及财产得以保住了，同时，恶霸们也永远地被压在黄泉地下。

这座土丘就是鲤鱼精的化身，人们后来称它为"鲤鱼岭"。

杀蛇除害

凤山村的火祥兄弟自幼就失去了双亲,兄弟俩相依为命,在邻里乡亲的照顾帮助下长大成人。滴水之恩当涌泉相报。火祥兄弟立志长大后,勤奋努力,刻苦创业,报答乡亲的恩德。

话说近一段时间以来,在进入凤山村的唯一的主干路口——凤凰岭坳边,有一条水桶大的南蛇藏在洞中,专吃过往的路人。其残忍狡诈令人发指:它训练成熟了一只大青蛙,让青蛙在洞口中跳,不知情的人见到青蛙便想去捉,此时,这条南蛇就从洞中窜出来,将人咬死并吃掉。村人对南蛇恨之入骨,只愁无法将它杀死。火祥兄弟也为杀蛇之事伤透脑筋,日夜思考捕蛇计策。

一天早晨,火祥大哥叫来弟弟,附耳说了如此如此、这般这般,两人商定好后,便一起来到凤凰岭坳边。火祥大哥拿着一条成丈长的木杈站在洞口外,即叫弟弟去捉青蛙。南蛇见青蛙被捉,倏地从洞里窜出来。说时迟,那时快,火祥用木杈朝张开的蛇口一叉,用力一按,将蛇头压在地上,木杈插着缸口大的蛇口,使其咬不合。可是蛇尾猛地摆卷,其

红尘偶记

力亦很大。这时,弟弟拿起锄头朝蛇头、蛇身上猛砸,怎奈南蛇身太长,将他俩牢牢地缠紧,动弹不得。人和蛇僵持着。兄弟俩早已将生死置之度外,死死地压着蛇不放,准备与蛇同归于尽。不知过了多久,村人知道了,一齐出来将蛇打死,兄弟才幸免一死。

乡邻对火祥兄弟的舍己为人、不怕牺牲、为民除害的精神感到由衷的敬佩,大家将他俩作为自己的亲人一样看待。火祥兄弟也深深感到:要成就大事,必须深得人心,有众人的支持拥护。兄弟俩决心继续积德行善,匡正驱邪。

苦楝树[1]

相传远古的时候，有一个寡妇抚养着独生儿子，儿子名叫丁兰。这寡妇视儿子为心肝宝贝，虽然家里穷，但她不顾劳累奔波，忍受各种欺侮，渐渐地把儿子抚养大了。她很迁就儿子，只要他想什么，能找得到的，她都不惜一切地满足儿子。

儿子从小受到溺爱，一身娇气。丁兰八九岁时，家境越来越支撑不下去了，母亲只好买来几只羊羔叫他去放牧。

丁兰每天赶着羊群到很远的草地上放牧，早出晚归，中午呢，母亲就亲自给他送饭。可是儿子从不体谅母亲的苦处，饭送得迟了早了，他都满脸不高兴，嚷嚷骂骂的。

有一天，母亲因为交地租的事被地主纠缠了半日，以致回到家里，再把饭送去时已是太阳西斜了。母亲拖着瘦骨嶙峋的躯体，好不容易来到草坡上。丁兰却鼓起小腮，气冲冲地一言不发，一手接过盛饭的篮子，一手举起羊鞭竟打起母亲来了。可怜母亲生性懦弱，又过分纵宠儿子，竟不敢责备

---

[1] 原载《江门文艺》1984年第5期。

红尘偶记

儿子半句。

光阴迅速,几个春秋过去了,丁兰也长得高大了。

又是一个风和日丽的日子,万物一派生机,鸟鹊在纵声歌唱。丁兰一清早便赶着羊群上了草坡,他在草地上找了个干净的地方躺下,目光落在树丫间的鸟窝上,只见几只小鸦

苦楝树

不停地捕捉小虫子回巢喂给老鸦吃,这情景使他出了神。太阳升高了,小羊羔饿了,一只只地走到母羊跟前,齐齐整整地跪在那里,等待哺乳。丁兰一直同它们相处,从来视而不见,今天像是第一次见到似的,心灵被震动了,他猛地跳起来,跪在地上,喃喃自语:"乌鸦具有反哺之义,羊羔尚有跪乳之恩,母亲生我养我,含辛茹苦把我拉扯成人,我凭什么天天打骂母亲?我真不如鸟畜了!"说着泪如雨下。

正午时分,丁兰老远就看见母亲那熟悉的身影正艰难地朝着自己走来,他擦干了眼泪,心想:太辛苦母亲了,我应该快些去迎接才对呀!于是他急步迎上前去。此时母亲怎知道儿子愧疚的心情啊?她想:我平时送饭,迟了早了,他都要打骂,现在竟急急向我走来,一定是不让我活了,只怨我平时宠坏了他,得此报应,我不如自己死去罢!她放下篮子,朝着路边的一棵大树奔去……丁兰见状,弄不清是怎么回事,大声叫喊,却又喊不清楚。母亲急急跑到大树前,一头朝大树撞去……丁兰飞跑到母亲跟前,只见母亲满头是血,已咽气了。他一头扑在母亲的身上,放声痛哭起来。他痛恨自己,可是追悔莫及。他对天哀号,那撕裂肝肠的哭声直震得日色暗淡,寒风呼啸。也不知哭了多久,那棵大树的叶子被震撼得全落掉了。

人们根据这一段故事,给那棵被哭得落光了叶子的大树取名叫"苦楝树"。从此以后,每年寒风呼呼吹来的时候,苦楝树也便跟着落掉叶子。

落第书生与待嫁小姐[1]

古时候,有个财主的小姐将要结婚了,临近出嫁的几天,搬到院子边的小楼阁上"收房"[2]待嫁。她很不愿意嫁给那个连面还未曾一见的男人。但迫于媒妁之言,父母之命,唯有屈从罢了。

这天碰上下雨,一个上京考试不中的书生回家路经这里,往骑楼下避一避雨。他看见眼前一片细雨蒙蒙,联想到自己这次上京赶考的落第,触景生情,口占一句:"山前山后雨蒙蒙。"楼上的小姐此时也止无聊苦闷极了,听到楼下有人吟诗,就随口应道:"阻隔行人路不通。"这位书生往楼上一看,原来是一位妙龄小姐在和他的诗,紧接着吟道:"忽觉楼上花粉女。"小姐看见楼下是一位书生,即刻来了精神,故意唱和:"也闻地下有书翁。"一听"书翁"二字,读书人真是惭愧万分,十几年的窗下勤学苦读,却连一个末名进士

---

[1] 本篇原载1986年4月26日《湛江日报》。本篇和下一篇《吟诗买菠菜》都属于民间联诗类故事。

[2] 收房,古时候的一种结婚习俗,做法是准新娘日日都住在深闺不出门。

落第书生与待嫁小姐

也捞不到,多么不公平啊!他很不服气地说:"三春柳树枝枝绿。"小姐以为他是在炫耀他的才华,也不甘示弱:"二月桃花朵朵红。"书生不禁为之一惊:楼上的竟是一位文采拔萃的小姐哪!……如能得之为侣,说不定还会助自己一臂之力呢。想到这里,急忙问:"今晚欲同妹一聚。""除非梦里得相逢。"

"唉——"吟完,两人同时发出一声长长的感叹。前途一片茫然!

把上面的语句连接起来,恰是一首完整的七言律诗,道出了封建社会里年轻一代人心中的追求、矛盾和迷惘。

吟诗买菠菜

傍晚时分,菜市上的买卖人群渐将散去,街边一个菜农的箩筐里还剩下一大把菠菜。突然,有三个人来到菜农跟前,抢着要买下这把菠菜。这三个顾客分别是新科举人、老和尚和年轻村姑。三个人互不相让,各个都要执意全买下。相持了一会儿,卖菜老汉就给他们出了一个主意:各人都吟出了一首诗来,道出自己的身份,同菠菜联系起来,谁吟得好就卖给谁。大家表示同意。

新科举人以为自己是当今天下之才子,非让他买了不可,于是就向身旁的两个对手丢去鄙夷的一瞥,摇头晃脑地先吟起来:

"有口是'和',无口也是'禾','禾'字加'斗'便成'科'。新科举人该先买,猪肝滚菠菜。"

吟完就想伸手去拿菜。"慢,"卖菜老汉忙摆手说,"还有两位顾客未吟呢。"说完便示意和尚和姑娘接着吟。老和尚略一沉思,接着吟起来:

"有水是'清',无水也是'青','青'边再'争'就不'静'。清清静静多爽快,豆腐煮菠菜。"

吟诗买菠菜

老汉听了微微颔首,表示有所同感。最后轮到姑娘了,只见她不慌不忙,清清喉音,不紧不慢地哼起来:

"有木是'桥',无木也是'乔','乔'边有'女'便成'娇',娇小但是人勤快,稀粥送菠菜。"

吟完,大家一时无话。从三个人吟的诗来看,水平相当,不分伯仲,菠菜让谁买呢?这只有看卖菜老汉的意思了。

此时,老汉紧锁眉头,脸无表情。他缓慢地把菜拿起来,随口叹道:"举人朝鱼晚肉,和尚斋食无忧,难言最是这世道,勤劳却为三餐愁。"

说完,老汉把菠菜递给姑娘,道声"拿去吧",便用扁担挑起菜箩走了。

举人与和尚面面相觑,一脸尴尬地愣在那里。

算命佬的本事

鉴西村的算命佬阿蒙算命的灵和准是远近有名的。周围村庄那些家中不景气的、寻求功名的、经商开业的人们,在办事前都来找他算一算,以避凶就吉。

某日,外地有三个上京考试的书生路经鉴西村,听说村中有个算命佬算命占卜贼准,便一齐来算一算今次谁能考取进士。这三个书生中有一个叫作阿翁的,今次已是第二次上京考试了。阿蒙分别问了三个书生的年生月命,然后扳起手指头数了一会儿,最后伸出一个手指说:"一。"三个书生同声问:"一个考取?"阿蒙慢条斯理地说:"你们考出来就明白了。"一个月后果然有一个考中进士,但不是阿翁。高中进士的书生欢天喜地地买来厚礼酬谢算命佬。这回算命佬更是声闻遐迩了。

阿翁不死心,三年后又同两位同窗同学上京考试。当晚路经鉴西村,又找算命佬算命。阿蒙还是老一套的做法:先问过每人的年生月命,然后扳起手指算一会,最后伸出一个手指说"一"。阿翁问:"今年又是一个能考取?"阿蒙说:"我怎么能说出谁人能考取谁人考不中,扫某些人的兴?你

算命佬的本事

们考完就明白了。"一个月后,朝廷公榜,竟有两个考中,但依然不是阿翁。

阿翁再次名落孙山,羞愧万分,痛苦之状难以言表。阿翁百思不得其解:论努力,我十几年寒窗,日夜攻读;论参加考试次数,我连续考了三次,为什么就不如其他同窗?阿翁头脑乱糟糟的,更不明白的是,算命佬总是死古板,靠的是撞彩,根本就不灵,为什么每天还有那么多人找他算命占卜?想到算命佬推算他们今次又是一个考中,内心无端生起了一把无名怒火——你算乜鬼命?我们两次来算,你都是出一个手指说"一",今次竟有两人考中了,只有我落榜,准个屌①!回家时一定要亲自去拆他的台!阿翁恨得咬牙切齿。

回到鉴西村,阿翁来到阿蒙家里,怒气冲冲地当着很多客人的面骂正在算命的阿蒙:"你这个算命佬,算乜屌命!乱说一通,胡说八道!"

阿蒙冷不防被斥责,抬头说:"先生有何见教?"

"我们几人上京考试,你次次都是出一个手指说'一',今年却有两个考中了,只有我落榜,你还有什么话说?"

阿蒙见到憔悴的阿翁,平心静气说:"先生,我出一个手指,说'一',说的就是只有一个人落榜啊,怎么不准呢。"

阿翁张口结舌。

---

① 屌,男性生殖器。吴川一带讲粤语(白话)者的口头禅,作骂人的粗话。"准个屌",意为"不准";下文的"算乜屌命",意为"你不会算还算什么命",皆有很强的感叹或质问语气。

 红尘偶记

阿蒙站起来,心生怜悯,牵着阿翁的手说:"先生请息怒,凡事应多反省自己而不是怨恨他人。你一路舟车劳顿,今晚就在我家歇一宿吧。"说完便不容推辞地让家人带他到餐厅吃饭。

晚上,阿蒙和阿翁促膝倾谈。阿翁唉声叹气,不断说自己命丑。

阿蒙安慰他说:"我看你高大威武,天堂开阔,国字脸,很有福气啊。"

阿翁惭愧说:"你不要羞辱我了,我年年赶考,还不如后学的同窗。"

"不能这样说。一个人要在世界上有所作为,最终还是靠本事的。本事是什么?就是个人的能力。以你们读书人来说,学习到文化知识不能算作有本事,读书人的本事是什么?一就是强的记忆力,二就是能够灵活地将书本知识应用到实际中去。你们科考要写文章,就是计你将书本知识灵活运用上去。可能在这两方面上,别人比你更胜一些,但不能否定你的其他能力。"

"鄙人恳求赐教。"

"你是有能力的,请相信自己。好似干算命这一行,基本的知识是要有的,例如生辰八字与命理、五行运程等知识,学会了这些还不能够说会算命,还需要一种能力,这就是我刚才说的本事。算得准不准,能力才是重要的,算命的能力是什么?是察言观色、说话的语言艺术。"

"不是按照人的八字推算的吗?"

"八字推算只是大概理路,关键还是察看来算命的客人

算命佬的本事

的心情，说话以及神态，从中领悟和猜测对方的境况，然后巧妙地用语言表达。还是以你们作例子吧。你们读书人大多数是纨绔子弟，周围的村庄能有多少户有钱有势的人家？故能够经过乡试、会试后上京参加殿试的人更少了。顶多只有三两个人。我算计你们，出一个手指说'一'，永远都是对的。你明白吗？"

"愿洗耳恭听。"

"试想，如果你们是一个人来占算，一人考上是'一'，考不上也是'一'；如果是两人来算，一人考上是'一'，两人都考上，便是'一'齐考上，全考不上，就是'一'个都考不上；如果是三个人来算，一人考上是'一'，两个人考上，便是'一'个考不上——这种情况就如你们今次情形，三个人都考上是'一'齐考上，三个人都考不上也就是'一'个都考不上；如果是四个人一同来算，一个人考上是'一'，两个人考上是'一'半，三个人考上，便是'一'人考不上，四个人都考上是'一'齐考上，四个人都考不上也就是'一'个都考不上。你说我算的准不准？这就是说话艺术。"

阿翁早已睁大双眼，惊叹："世间还有这么高深的学问啊！我十年寒窗枉读了。鄙人喻矣：你名声在外，不只是会算命这么简单。"

阿蒙拍拍阿翁的肩膀说："读书能够考取功名当然最好，能够升官发财。考不中，也无关系啊，条条大道通罗马。"

阿翁说："听君一席话，胜读十年书，我知道我今后的路子该怎么走了。"

阿翁心魔已除，一宿好梦。

牛的传说

相传很久很久以前,牛同猪一样,饱食终日,从不劳动,牛还有说话的本领呢。

当地有一个财主,养有一群水牛,交给一个名字叫阿童的穷孩子给他放牧。阿童聪明伶俐,酷爱读书。他想方设法把书偷偷藏在篮子底下,借放牛之机看书学习。

每天,他把牛赶到草坡后就读起书来,学到太阳下山才赶牛回栏。

这群牛见阿童读书,十分嫉妒,便商量要陷害他。一天晚上,阿童把牛赶回家,这群牛却不肯进栏,嘶叫不停。财主听到牛噪声,便来问个究竟。

水牛对财主说:"放牛娃每天赶我们到草坡上,指定一个地方给我们吃草,烈日炎炎,也不给我们下水洗凉,也不给我们到树荫下乘凉,从早到晚只顾自己读书。"

财主一听,立刻把阿童叫到跟前,"啪啪"就是几巴掌,并骂道:"你这贱奴才,想读书!"接着把阿童的书烧掉了。阿童忍气吞声,回到家里,恼得饭也不吃就睡了。他在朦胧中,见一位白发公公向他走来,问他为啥愁眉苦脸。他便把

牛的传说

昨天的遭遇向白发公公诉说一番。公公说:"你不要烦恼,你把牛拴起来,然后点燃起一把柴火,在牛的喉咙烧一下,它就哑了。""烧哑后又怎么办?"阿童急急问。霎时,白发公公不见了。管他呢,烧哑再算!

第二天,阿童照样赶牛去放牧,牛群到了草坡后,他便按白发公公说的话去做:用绳子把牛拴在树上,然后找来一堆柴,点起火,分别在每头牛的喉头上烧一阵。这群畜生真的全被烧哑了。阿童边烧边说:"你们向财主告我的状吧!"说完愤愤地走了。

 红尘偶记

牛被烧哑后,兽性大发,到处伤害人,一时闹得人心惶惶。白发公公见这情景,立即上天宫向天帝禀告。天帝听了诉说,顿时大骂:"这群畜生想死了。人间决不能让这群畜生逞凶。"随即命令八大金刚下凡,惩罚野牛。

八大金刚受令来到人间,把这群野牛全都抓起来,给它们的鼻孔上穿上鼻圈,用绳子连住,以示惩罚,并交给农民,还向万物生灵宣布天帝的意旨:处罚牛终生给农民拉犁拖耙,老了还要供老百姓作肉食。

这就是心毒凶恶者的下场!

苍蝇和蚊子

在一张油漆发亮的圆桌上,一只苍蝇和一粒蚊子飞在一起,吹起牛来了。它们互不认输,各自夸自己的本事。苍蝇摇着脑袋说:

一年春夏与秋天,
美馔佳肴皆吃遍。
皇宫美女同我饮,
皇帝未食我尝先。

蚊子听了,很不服气,翘起嘴巴说:

一年三季春夏秋,
绫罗帐里任我游。
皇宫美女陪我睡,
皇帝鲜血任我抽。

它说完,拍拍小翅膀,陶醉在胜利的喜悦中。

 **红尘偶记**

　　过了一会儿,一个小孩子写完作业,伸一下懒腰,来到圆桌前看看有什么可以吃的,见到这两只蚊蝇,即举起他手中的作业簿,往桌子上一拍,苍蝇和蚊子就一命呜呼,只有到阴间去吹牛了。

　　损人利己,唯我独尊,还恬不知耻,就是这样的下场。

右丞相妙计救庶民[①]

古代有个愚蠢的皇帝,听信一个奸臣的胡言,抓获一批广东老百姓关押起来,并不给吃喝,准备剥皮用来铺盖他要兴建的庙宇。

却说朝中有位右丞相是个清官,深为这批无辜的庶民担忧。

一日,右丞相对皇帝说:"万岁,凡动物须健壮,其皮才坚美,皇上如今捉来的这批广东人,不给吃喝,饿得皮包骨,不但皮质差,而且也剥不下来。"皇帝见说得句句在理,点头称是。

于是,皇帝随即发下供饭圣旨。这批可怜的老百姓饿了三四天,见到饭菜,个个吃得又快又急,加上时值仲夏天气,温高炎热,早已大汗淋漓。这时候,右丞相特地陪着皇帝来察看。"不好了,万岁!"右丞相突然吃惊地对皇帝说:"广东人皮漏水!"皇帝定睛一看,果见个个都似落汤鸡,浑身汗水往外淌,皇帝愣住了。右丞相故作沉思,然后慢慢说:

[①] 原载1984年12月8日《湛江日报》。

 红尘偶记

"要不……将他们放出去算了,很多兽皮要比人皮更坚韧耐用,不如捕捉野兽取皮,此乃皇上之恩德,还会万世传颂,岂不两全其美!""吾卿言之极是。"皇帝满口应承。

这样,这批无辜的庶民得救了。

菩萨道歉

鉴西村是一个有五百多户、三千多人的大村子，这里地势平旷，土地肥沃。村子的东南面有一座庙宇，叫康王庙，里面供奉着康王菩萨。康王菩萨神灵显赫，救苦救难，有求必应，香火旺盛。

一日，庙里的那面游神用的铜锣被人偷走了，这下在村里惹起了不小的震动。神的东西都敢偷，这是从来没有人敢做的事！村里一下子像炸开了锅，大家议论纷纷，互相猜测，对号入座；村干部日日开会，商讨破案的办法。村里有一个二流子，名叫周日清，已经过了而立之年，由于平时好吃懒做，常有偷鸡摸狗的动作，手脚不干净，在村中的口碑很不好，至今还是光棍一人。这次村中的铜锣失窃案，他便是最大的嫌疑人。村中的男女老幼，街谈巷议，十有八九都说是周日清所为。有的居然还当着他的面指指点点，说他"狗改不了吃屎的本性"。说实在话，周日清虽然贪小便宜，但是还未坏到有胆量敢于触怒神灵的份上。他听到村中人几乎都说是他偷的，心中很不爽，这次他尝到被人冤屈的痛苦滋味了。

红尘偶记

晚上,周日清来到村长周明光的家里,想诉说心中的委屈,让村长为自己主持公道。可是,村长也是非常怀疑周日清的。

"你如果手脚干净,还会有谁说你?"

"哦,连村长你也怀疑我了?你有乜证据,随便怀疑人?"

"我如果有证据,就把你抓起了,就不是怀疑了,我劝你,要是你拿的,就悄悄放回来,神是不会怪你的。"

周日清听了非常恼怒,说:"我根本就没有偷,放乜嘢?看来,你们人人都在怀疑我,只有康王菩萨才能为我主持公道了。"

村长说:"神当然是乜都知道的。要不明天到庙里问一问菩萨,他如果说你没偷,那就是没偷了。"

"问就问,人冤枉人,难道神还会冤枉人吗?!"周日清说完气愤愤地走了。

第二天上午九点,村长和村中几个长老一道,叫来了周日清,一齐来到庙里,烧起香烛,摆好生果,跪在菩萨面前,由庙祝佬就近日发生的铜锣失窃案问神。

庙祝佬说:"康王菩萨请降临为我们指点迷津,近日庙里这面铜锣已被人偷走了,我们凡人肉眼还没看出是哪个贼仔偷的,请你指出来,好让我们把它找回来。"说完便将杯珓丢落在地上,恰好两块杯珓的龟背向上,——菩萨同意了。杯珓,用竹木等材料所制,一面龟背,一面扁平。丢杯珓是自古以来当地老百姓求神问神的一种行为,由庙祝佬跪在菩萨面前,替拜神的人说出心中的祈求、希望、想法,说完一

菩萨道歉

点就丢一次杯玟,如果两块杯玟落地都是龟背向上,谓之"军令",就表示菩萨是这样的想法或者是赞同了,如果是一块平面向上,一块龟背向上,或是两块都是平面向上,就表示不是这样的想法或不赞同。

庙祝佬说:"庙里的铜锣是谁偷的?村里很多人怀疑是周日清偷的,你说是吗?"说完又一次把杯玟抛向空中,两块杯玟落下时稳稳着地,龟背一致向上,又是一个"军令"!菩萨也认为是周日清偷的了。这回真的是神也冤枉人了。场上的气氛一下子静得让人窒息。

过了好一会,村长打破了寂静,说:"神也说是你偷的了,这回你还有什么话可说?"周日清抬起头,双目瞪着坐在庙堂上的两个菩萨,内心由尴尬转为愤怒,情不自禁地一下子走到菩萨面前,"啪啪"地打了菩萨两巴掌,然后将菩萨的须扯了一撇下来,恶狠狠地说:"人冤枉人已经顶不住了,连神也冤枉人,还有世界做①?"说完扭头走出庙门。在场的人一下惊呆了,有两分钟反应不过来。大家想不到周日清还胆敢如此,菩萨也敢打。

这回,周日清该怎么办?事实上不是他偷的,拿什么来还呢?莫非神也有势利眼?如果是这样,枉受人间香火了。村长当晚来问周日清归还铜锣,被周日清骂个狗血淋头,不敢再来了,神说的也不能当作证据啊。周日清偷铜锣,周日清打菩萨、扯菩萨的须,这两件事在远近的村庄轰动起来了,

---

① "世界做",就是"做世界","世界"指"大千世界","做世界"意为"在广大无边的人世中立足、谋生、过日子"。

红尘偶记

人们议论得沸沸扬扬。面对巨大的议论压力,周日清好似天塌下来当瓜棚一样,不当一回事,每天照样吃他的干他的。他心里想:人心复杂,不敢随便往来,神也不可信。睬他是傻的。

一天中午,他见理发佬来村子理发,就问他借把剃须刀来剃胡须,不慎将嘴唇刮出血了,他也不当一回事,用手指抹去血迹,回家了。

铜锣失窃案一点头绪也没有。究竟是谁偷的呢?

又过了三天,村西南面的一间泥砖瓦房突然间起火了。以往村中有什么急事,人们就拿起锣一边敲打一边呼叫。现在没有了铜锣,只能靠人呼叫救火,等到叫来了众人,房屋所有能烧的都烧掉了,只剩下一个屋架,人们进去清理,墙头上赫然露出了一面铜锣!这就是那面被偷的铜锣!屋主的为人不需要多说,平日看他是老实巴交的种田人,谁也想不到他会有偷窃行为。莫非真是神明采用这种形式给我们破案吗?

人世间,有些事就是很奇妙,很难用科学去解释。

真相大白了,铜锣找回来了。村长和村人没有谁主动向周日清道歉或对他说一句安慰的话,不过在对待周日清的态度上,似乎转变了一些。

再说,周日清这刮破的嘴唇,一直有些脓肿,涂了很多消炎药也未好。有些人便半开玩笑半认真地对周日清说:"你打菩萨的脸,又扯他的须,我看他是想报复你了。"

周日清说:"人冤枉人该死,神冤枉人该不该打?"

"神如果想冤枉你,他还会把那偷铜锣人的屋烧掉吗?

菩萨道歉

你的嘴唇一直不好,我看是神想你再去他那里谈谈心,向你道个歉未定呢。"

周日清想想似乎有些道理。

第二天早上,周日清便买了一些生果来到庙里,请庙祝佬问神。

庙祝佬说:"神明在上,弟子周日清来到你的膝下请你了。周日清的嘴唇一直不好,大神你是怪罪他的吗?"说完抛起杯珓,落地时一块龟背向上,一块平面向上——神不怪罪。"那为什么周日清的嘴唇一直不好?是你暗示他,有些什么话同他说吧?"丢的杯珓是个"军令",神是这样想的。庙祝佬又说:"大神你有大量,不同我们这些凡人计较,你是想说……"庙祝佬便说了很多神想同周日清说的话,丢的杯珓都不是"军令",庙祝佬绞尽脑汁继续试着说:"大神莫非是想对周日清说明那一天询问'铜锣被人偷走'的事是因为你外出公干了,是你手下的这些小神玩忽职守造成的,因此想特地叫他来,向他道歉的?"说完丢的杯珓竟是"军令"!天啊,原来真是这样,菩萨是真想道歉的!

周日清觉得整个天的云都散了!周日清叩拜完了菩萨,哼着歌儿走出庙门,心情从来没有这样爽快过。嘴唇的炎症自然不需用药也就消了。康王菩萨的"济世胸怀""佑我一方、有求必应"之名声更是广播传扬。从此,人们对菩萨更加崇敬了,康王庙的香火更旺盛了。

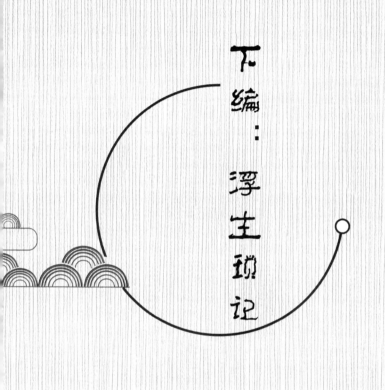

下编：浮生琐记

读小学时写的一篇大字报

读小学时恰碰上"文化大革命"运动刚开始,中小学读书生涯大多是在学农的劳动中以及各种政治运动中度过的。担沙改土、锄地栽种、学习毛主席著作、斗私批修、批林批孔、反击"右倾"翻案风、反潮流……一个运动接一个运动,很多概念对于一个正在读小学的学生来说,都是"鸭听雷"①。

那一年,为了迎接上级领导的检查,学校要求从三年级开始,以班为单位,每人都要写一张大字报贴在墙上。揭批什么呢?资本主义、修正主义。我当时真不明白它的"主义""修正"是什么意思,哪些人走资本主义道路、哪些人变修了更是不清楚。不过,对于斗私,还是模模糊糊知其含义的。

那时学校旁边有一间供销社的代销店,小店是一个六十多岁的老头子开的。当时的商店不像现在这样,什么人想开就可以开的,是需要公社的供销社同意,还需要大队的批准。

---

① 鸭听雷,吴川方言,听不明白,不知对方在说什么。

红尘偶记

那时方圆六里、五个自然村只有这一间代销店。每次母亲叫我去打烧酒、豉油或火水（煤油）什么时，这老头都总是用竹筒舀起来再倾斜一下，才倒到我的碗里，这样每一竹筒就只有八九分满。大人们也常说他有短斤缺两的手脚。这不就是自私的行为？为了自己的私利占了别人的利益？想到这里心中涌起一股愤怒，就写了一张大字报批判他，斗一斗他的"自私自利"！凭着一时的感情冲动，几句顺口溜式的大字报很快就写出来了：

叶茂①老猫头，今年六十有；
自从开店后，生活总无忧。
大人来买物，小指压秤头；
小孩来买物，斤两总不够。
揪出老猫头，批深又批臭；
横扫封资修，永远跟党走！

我用毛笔在半张白纸（一张一开纸的一半）上歪歪斜斜地抄上去，第二天回校就贴在划定给本班的墙壁的位置上。这一下可不得了，立即引来了很多人的围观，引起了轰动。很多老师和高年级的学生以及周围村庄的社员群众，看后无不喝彩说"写得好"。学校墙壁遍布大字报，也有很多毛笔字写得比我的漂亮得多，他们可能看也不看。我当时着实臭美了好一阵，原来诗文这东西也有这么大的影响力！这为我

---

① "叶茂"是化名。

读小学时写的一篇大字报

日后喜爱文学和喜欢舞文弄墨带来不少动力。

我现在明白,"斗私批修"等这些政治运动,大多数老百姓只是跟风而已。但是,他们过日子要日日使用油盐酱醋,你"老猫头"手头压一压秤,他们都看在眼里,你有损人利己(骗秤)的行为,所以我的顺口溜一贴出来,自然就引起了大众的共鸣。有谁不想"揪出老猫头,批深又批臭"?!

 **红尘偶记**

"大字报"是"文化大革命"时代的产物。"老猫头"的绰号有侮辱人格之嫌,贴大字报攻击别人在今天也属违法之举,这是绝不能重演之事。话又说回去,"文革"期间,学生们虽然书本知识学得很少,但是人生见识、社会实践活动要比现在的学生多,动手能力也要强。就像写大字报,这种东西批判什么思想,揭发谁人的"罪行",是有明确的指向的。贴在墙壁上,见人见众,不是你抄袭别人的文章就可以了事的。你必须要思考:谁人的思想错误、谁人变修了,如何批判他……必须要深入到社会生活中,有了触动,才能写出真情实感的东西来。

我想,我的童年要是适逢今天之盛世,能坐在宽敞的教室里读书,那么,我能勤于思考,勤于动手,而不是为了完成老师布置的作业而抄抄搬搬、敷衍了事吗?很难说啊。

电影情结[1]

我的童年，文化生活同经济生活一样极其贫乏。摆在书店书架上的只有浩然的小说《金光大道》《艳阳天》；电影、大戏只有"八大样板戏"[2]；学校和公社、大队的"无产阶级宣传队"下乡演戏，也是一些"三句半"，跳"忠字舞"，演《红灯记》的《赴宴斗鸠山》，《智取威虎山》的《深山问苦》等，内容单调、乏味。当年的文化、经济都极其落后，不像今天的电视、电脑已家庭化，想看什么就看什么，想什么时候看就什么时候看。不过，那些艺术形象鼓舞着我们这一代人，看十次八次还是照样想看。

那时最喜欢看的就是电影。如果说那一晚有战斗片放映，兴奋激动的心情，更是难以言表。一年半载看不了三五场，所以如果知道有哪条村子今晚放电影，便早早吃过稀粥，洗了脚，呼朋结伴地前往，占一个好位子好好地看。有时看完

---

[1] 原标题为《电影记忆》，载于2012年12月8日《湛江日报》。
[2] "八大样板戏"，指京剧《红灯记》《智取威虎山》《海港》《龙江颂》《奇袭白虎团》，芭蕾舞剧《红色娘子军》《白毛女》，交响音乐《沙家浜》。

红尘偶记

电影碰上天下雨，就只好脱下木屐，脱掉上衣包着头挡着雨跑回家。

记得有一晚是在只有两里地外的林江村放电影。因为晚餐吃得迟了，只能跟吃饭、冲凉都慢吞吞、拖拖拉拉的几个大姐姐们去了。到了林江村边，见到该村的一个大青年从村中出来，姐姐们就问："今晚放乜电影？"对方回答说："《南江村的妇女》"。等他走远了，这几个姐姐就显得很气愤，以为他是故意说话占自己的便宜的，大骂他是"牛精"，"不得好死"了。到开始放映时，真的是《南江村的妇女》。看完后在回家的路上，姐姐们便开怀大笑说："今晚的电影真好看，还是朝鲜进口的战斗故事片呢，我们大家从未听过有这样一部电影，原以为这青年想占我们的着数①的，我们冤枉他了。"我当时还较小，不大明白姐姐们在说些什么，便问："姐姐，为什么来时骂他现在又说冤枉他了？"姐说："南江②村的妇女，我以为他是说'男人强奸我们村的妇女'哪。哈哈……"我似懂非懂地点点头。一路上撒下了一串串清脆的笑声。那时的生活虽贫困单调，可是大家的活动总是成群结队的，总能在艰苦的劳动之余找到乐趣。

最令人神往的是能到县城的电影院去看电影。这机会只有在学校组织学生集体去看时才有可能实现。学生场的电影票是半价——七分钱一张。几个班的学生排着队，在老师的带领下步行进县城，一路上有说有笑，可以欣赏小城镇的风

---

① 着数，粤西方言，便宜。
② 南江，粤语"南江"与"男奸"谐音。

电影情结

光,可以见识街市各色各样的商品,可以买一碟粉皮蹲在街边吃。……进入电影院,可以舒舒服服地靠在椅子上看,头顶上的风扇呼呼地吹,凉爽极了!银幕不是遮幅式就是宽银幕,图像清晰、声音清脆,远比在乡村放的电影效果要好。

有一次是看革命现代京剧《红灯记》。当电影放到李玉和唱"临行喝妈一碗酒,浑身是胆雄赳赳。鸠山设宴和我交朋友,千杯万盏会应酬……"时,我的老师"高佬陈"情不自禁地走到过道上,跟着李玉和唱,双手攥着拳头学着李玉和的动作走来走去,一下子吸引了周围几百个学生和老师的注目(场内还有很多其他兄弟学校的师生)。当时竟然没有一个人笑话他,场面一样地肃静庄重。那时是真正的"活学活用",学演革命样板戏是再正常不过的。陈老师当时在学校宣传队中就是扮演李玉和的演员,为了能在下到各村子表演时演得更好,就利用这难得的机会模仿学习。他这认真专注学习的精神在我幼小的心灵中触动很大。后来在学习中懈怠或遇到挫折时,我就想起了陈老师那手抓红灯演李玉和的形象,心中就来了精神和力量。

社会迅猛发展,随着技术的进步,今天的电影市场已发生了天翻地覆的变化,但童年时代为电影陶醉的生活就像是在昨天。看完电影,一批小朋友就模仿电影里的人物表演,精神和身体都进入另一种境界了。"为了胜利,向我开炮!……"——电影《英雄儿女》中王成手抓爆破筒跳向敌人的造型;"要学那泰山顶上一青松!……"——电影《沙家浜》中郭建光和一批新四军战士擎起手屹立在芦苇荡的造型;"不许动,举起手来……"——《小兵张嘎》中的张嘎

· 241 ·

红尘偶记

用木头手枪顶住"汉奸"罗金宝,欲掏他的驳壳枪的造型……我们这代人就是伴随着这一批艺术英雄健康成长的。

如今,电影同样是我喜爱的艺术。闲暇时,坐在电脑桌前,选择一部抗击侵略者的战斗故事片或电视剧看看,真是心情舒畅,荡气回肠!

健康的文艺能净化社会风气,强化国民思想,提升民族素质,激励人类进步。颓废的文艺会污染社会风气,腐蚀人的灵魂,摧毁人的意志。今天,书刊、广播电视、网络……文化内容虽丰富多彩,但由于唯利是图等原因,文化市场并不是一块净土。有不少青少年学生不能明辨是非、分不清好坏,只会泡网络玩游戏、聊天,寻求精神刺激;电子技术产品让我们想什么就有什么(虚拟的),他们却不懂得利用它,只会沉溺于低级趣味的作品中。到头来,青春不再。两手空空、身心交瘁,实际上却是被它玩弄了。我确实为他们感到担忧。

高科技时代,我们更要头脑清醒,明确自己在做什么,树立自己的人生奋斗目标。

捉青蛙

——献给敬爱的林老师和梁老师

入城工作十多年了,节日回家,偶然在家里住一晚,听到村边的池塘以及田野深处的青蛙"呱呱"地欢唱,烦躁和压抑就暂时得以排解,有了吴均的"鸢飞戾天者,望峰息心;经纶世务者,窥谷忘反"的感觉,躁动的心灵得以安宁,神魂仿佛回到儿时的田园风光中。不管是青蛙的独唱还是群蛙的合唱,都是大自然中最动听的旋律。

青蛙,是农民兄弟最好的朋友,是害虫的天敌,是庄稼的坚强卫士。在贫困饥饿的童年,它还是我的"衣食父母"。每年到了青黄不接的时候,常常是中午饿着肚子回校上课。上课时,肚子"咕咕"直叫,巴不得到了放学就一阵风跑回家,拿起钓竿和蛤缴①,背起竹篓儿,一阵风似的到庄稼地里,捉住一个刚脱掉尾巴的蝌蚪(小青蛙,很多,在田塍边随手可捉)作诱饵,绑在鱼丝线上,在稻田的田塍上,或者在黄豆地里钓青蛙。如果哪一晚运气好,钓到几个有八九两

---

① 蛤缴,吴川方言,捕捉鱼、虾和青蛙等的网兜。

 红尘偶记

重的大青蛙，就拿回到家里，劏开洗净放到瓦煲里，调一点油盐，放上几片生姜，如果嗅不得腥味，再放上一汤匙米酒，煲滚时，白灿灿的蛙汤、香喷喷的蛙肉，肉香酒气溢满屋子，你什么花旗白鸽汤、高丽炖鸡汤，哪里比得上它？碰上雨天，所有的青蛙都出来欢叫，这时，捕捉到的青蛙更多，第二天便拿一些到圩镇的农贸市场上卖。好彩的时候，捉到四五斤，可卖得 3～4 元钱（那时候的泥瓦匠一天的工资也只有 2.5 元人民币），用一点买学习用具，也可帮补家里买一些油盐酱醋。青蛙帮助我度过了那饥荒的年代。

我最幸运的是在读初中的两年中遇上两位最好的老师：一个是教我数学的林老师，另一个是团支部书记梁老师。两位都是年轻的小伙子，林老师刚结婚不久，梁老师彼时尚未婚。虽然学校离家只有几里路，但是这两位老师在晚修后常留在学校备课、改作业，闲时就教我们几个同学唱歌、吹笛子、拉二胡。令我终生难忘的是，他俩经常叫我们几个同学在晚修后留下来，从宿舍里用米筒量出两升大米让一位同学煲饭，然后同我们几个同学提着汽灯去水渠或鱼塘边照青蛙捉来做菜餸。青蛙这东西虽然反应很敏捷，但一遇强光照射便懵了，任人捕捉了。那时候，学校还未通电，晚上自修是用汽灯照明的。下晚修时，林老师叫我不要熄灯［那时，我是班干部，负责买火水（即煤油），点燃汽灯和关灯］，待学生回家后便拿出蛤缴、背起竹篓儿同我们提着汽灯说说笑笑地去照青蛙了。

寂静的夜晚，天空上星星闪烁，田野里青蛙"呱呱"地和唱，虫子在草丛中絮絮私语，伴随着脚步涉水的声音，连

捉青蛙——献给敬爱的林老师和梁老师

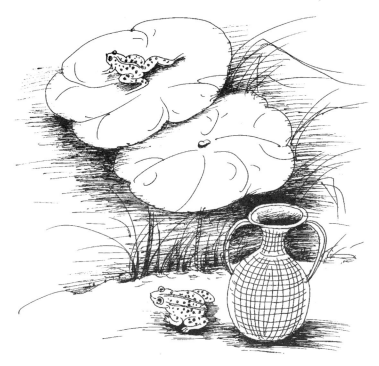

同夜风轻柔拂面,那美妙时刻,令我这一颗稚嫩的童心像脱缰的骏马一样在古今和天地中放纵!

一个多小时下来,照到半篓的青蛙,时不时还照到木鱼和塘鲺鱼,那么我们可以享受到一餐丰盛的宵夜大餐了。傍晚在家里吃的是两三碗稀粥,肚子里早已空空如也,这时能享受到香喷喷的白米饭和甜脆脆的青蛙肉,那种兴奋和幸福感难以名状,神仙也比不上。

当年虽值"文化大革命"时期,学校整天是学工学农,能坐定在教室里听老师上课的时间很少,但是,两位老师认

 红尘偶记

真教学,从不被当时的运动所左右。老师更关心我们的身体健康,把学生当作亲弟妹一样看待,对于我们的饥饿和困难,老师好似不问先知,闲暇时,常常同我们捉蛙捕鱼,同吃同住。老师的言传身教,让我们的身心得以健康成长。在那各种政治运动不断的年代,有这样一块洁净的土壤,有这样一群"坚强卫士",种子才得以生根、发芽,健康成长!

青蛙之歌,是大自然的杰作,是我最喜爱的一首歌!

每当听到蛙鸣,心就回到童年的生活中。我的恩师,你们现在一切可好?青蛙的欢唱,是大自然最美妙的音乐,是唱给恩师的赞歌,是我对恩师最诚挚的祝福!

1976年那场洪灾,我在学校农场[①]

1976年,对于中国人来说,是一个极其沉痛之年,那一年在中国的大地上发生的事情,对于亲历者,是刻骨铭心的。1月8日,周恩来总理逝世;3月8日,吉林地区降落世界罕见的陨石雨,陨石穿擦大气层,燃烧、发光、爆炸,其中最重一块1770公斤;7月6日,朱德委员长逝世;7月28日凌晨3点,河北唐山地区发生里氏七点八级强烈地震,死亡人数24万多人;9月9日,毛泽东主席逝世;9月19日,台风在湛江坡头登陆,给湛江、茂名地区带来强降雨,日降雨量300~700毫米。据《中共吴川党史大事记》记载:仅吴川县就淹浸农田面积25.09万亩,被洪水冲走猪牛5100头,600多个村庄、20万人被洪水包围,死亡13人,伤2297人,倒塌和损坏房屋9万多间。

本人是湛江吴川人,那一年只有十多岁,正在振文中学

[①] 2017年的正月初三日,高中同学毕业四十周年聚会,同学们畅谈高中两年的校园生活,特别是农场的劳动生活,联想到今天的教育状况,深有感触,写下此文。

红尘偶记

读高中（当时的学制是小学五年，初中两年，高中两年）。这里就说说那段亲历的抗洪故事，或许能让人们有些什么感悟，或者让人们对今天的教育以及社会现状有一点反思，或作重新评价。

1975年9月，振文中学在埇儿村东面开辟了一个新农场（学校之前的农场在樟铺公社实业岭村），近200亩，种植有甘蔗、饭豆①、花生、水稻等作物。埇儿村位于鉴江下游的江中，是一个江心岛，南面靠近塘尾镇。

1976年9月18日，学校接到上级部门通知，据气象预报，有特大台风和洪水，要求做好防风防洪救灾工作。学校领导决定：组织一小组学生骨干留在农场加固校舍，将蔗糖、饭豆等食物搬上船，守护校产，让损失降到最小。恰好那一周是轮到75（4）班学生到农场劳动，学校便从我们班中挑选十个健壮的男同学留下来。18日下午3时，我们班同学回到学校集会，收听完了毛泽东主席追悼会的播音后，其他同学放假回家了，我们10个同学马上回农场。

---

① 饭豆，吴川方言，即眉豆。

1976年那场洪灾，我在学校农场

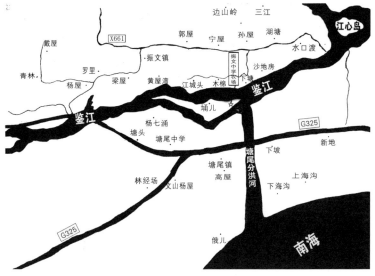

埇儿村的位置

大家可以想象，农场处于鉴江的江中，台风和洪水的到来，其危险性是难以估计的，要是在今天，从政策制度、教育行政官员、社会、舆情等方面来说，都是将学生的人身安全放在第一的。君不见，一遇到各种自然灾害，上级教育行政部门就通知放假，学校怎敢让学生到这样危险的地方救灾？这是根本不敢想象的事。但是，当时，学校让我们留下来了。我们并没有太多的考虑，只有一腔沸腾的热血，心中想的是如何保护农场的财物。有不少同学还暗暗地感到荣幸呢。我们在班主任苏李平老师的带领下来到农场。大家在驻守农场的骆秉东老师和苏李平老师的带领下，迅速配合农场管理员

· 249 ·

红尘偶记

康胜养同志将农具收拾好搬入宿舍,加固学校农场宿舍,将油缸里的蔗糖、大米、饭豆等食物装进麻袋。

第二天的上午,太阳还像大火球,一丝风也没有。下午一点多钟,天空便是乌云密布,刮起了西北风,豆大的雨点撒下来。到了傍晚,风不是很大,但雨好像把天翻转倾倒下来一样。江水迅猛暴涨,很快漫上宿舍的门槛。我们把船拉到门口,将所有的农副食物和肥料搬上船,用胶纸盖好,将船拴在宿舍的砖柱上。很快,江水灌入宿舍。

学校有两张①船,一张是木船,另一张是水泥船。我们在水泥船上架火煮饭。吃完了饭,已经是晚上9点多钟了。外面还是风雨交加。水已漫过双层木架床的第一层,我们便上到上层床休息了。班主任不敢睡,坐在木架床上背靠着墙壁。他要监测洪水上涨的情况,守护在学生的身边。如果江水漫过床架,我们就要回到船上冒雨过夜了。庆幸的是,塘尾分洪工程中人工挖掘的塘尾江刚开通,江水涨到第二层床架的高度便不再上升了。深夜,苏李平老师敌不过倦意,睡着了。这一睡不要紧,入睡后身体失去平衡,跌入水中了。"嘭"的一声,水花四溅,惊醒了所有的同学,林建、梁康福、陈焜、孙土养、肖华兴等同学一跃而起,忙跳进水中扶起老师,赖日荣、李日康、梁康有从旅行包取出干的衣服给老师换上。

好不容易挨到天亮,雨稍微放小了一点,风停了。骆老师说:"江水滔滔,我们大家在这里不是办法,无处立足,

---

① 张,粤西方言,艘。

1976年那场洪灾，我在学校农场

吃饭也成问题。我们一定要回到学校。"大家看到农场的一切都淹没在茫茫的江水中，再在这里，所有的努力都是徒劳的了，于是，便听从骆老师的指挥，将两张船拴在一起，合力划回去。一解开绳索，大家便使劲地用钢铲或木棍往北岸划，当时江水流急，原本往最坏打算是船划到王屋湾到岸（该村处于埇儿村下游的北岸，距离农场渡口约两公里），因大家使出了吃奶的力，船划到乙木村头便到岸了（路程减少一公里）。我们合力将船拉回到渡口，拴在江堤边的树木上，准备往学校走，可是刚翻过江堤，眼都呆了：一望无际的田野已是一片泽国，水已深至心胸。后来听说，振文、长岐、兰石、黄坡等公社（现在叫镇）的平原地带全被洪水淹没了，所有庄稼被淹死，很多泥砖房屋倒塌。

回学校是不可能的了，大家想起本班有一同学叫许华连，家住木棉村，该村在江堤上，不会被水淹，便径向许华连家走去。我们得到热情的款待。在同学许华连的家里度过了安适的一夜，第二天中午，田野的水位已降下一尺多，涉水可以走路了，老师便叫大家回家休息了。

整整四十年过去了，那一场洪水，那天防洪救灾的场面仍时时浮现在眼前。的确，那个年代，我们能够安静下来读书的时间是少些，但是我们得到了锻炼，学到了许多书本中学不到的东西，"爱国、公心、团结、奋进、坚强、刻苦"深入人心，这种精神恰是一个国家和民族的脊梁！

"官"同学

一

读师范时，曾听一位老师说："同学的友谊是最纯洁的，不管日后你们是否天各一方，谁人发达了、富贵了、升迁了，大家都是同学，是平等的。大家要互相关心，互相帮助。什么关系比得上同窗密切、无猜？"

是呀，老师说得多好，有什么比得上同学的情谊珍贵！于是我们在一幅几个非常要好的同学的合影小照上题上了"友谊千秋"。

后来，我走上教育岗位，也一直是这样对学生教育和宣传的。我每教一届学生，都劝诫他们"苟富贵，无相忘"。

直到早几年（确切地说是2006年年底），我家遇到一些麻烦事，去乞求那个"官"同学，却招来了近三年的悲惨遭遇，于是，这名词——"同学"之高尚，在我的心中像冰山坍塌了似的。

之前，这位"同学"的形象在我的心目中是良好的，他

"官"同学

态度温和,一把嘴很甜,不高傲。

我知道"空手入门狗无吠"。那晚,我去拜访他,因为"教师"穷的缘故,我拿着从银行提出的两沓钞票(我当时觉得给他这笔钱是不算少了)去到约定的地方同他聊时,他却摆起官架子说:"你说我这书记是用钱买来的吗?"可惜我当时不晓得他的意思——嫌少。他不但不帮忙,反而从中作梗,利用职权指使手下的人(检察院和法院某某人)陷害我的家人。我家不仅遭受了巨大经济损失,而且,近三年里,一家人蒙受不白之冤,在担惊受怕中艰难地捱过来。

庆幸的是,他陷害我们后,很快就遭"天谴"了。2008年4月,因其他违纪事件,他的书记一职被撤掉了。正义最终战胜邪恶。我一家人也遇上几个"贵人",他们听我说了这些不幸遭遇,为我打抱不平,我们最终拨开乌云见太阳!

事后知情者对我说:"他不帮你就得害你,他不帮你难道能让别人帮你吗?"我想想,也是这个道理:求拜他,他嫌钱少,不帮你了;如果你求别人给办妥了,不就显示其无本事了?

我痛定思痛,切身感受:"同学"不全是金子铸的。我撞上了"厉鬼":害人之心不可有——他有;防人之心不可无——我无。

今天,一有人说起他的什么什么同学多好多好时,我就会情不自禁地想起这个"同学",我的心就滴血。我终于明白,不管是同学,是亲人,还是朋友什么的,都会有良莠。我们做人的原则当然是要"诚",但是,我们与人相处绝对要擦亮眼睛,也就是要践行那句"古训":害人之心不可有,

红尘偶记

防人之心不可无。

二

中国人几千年来一直崇尚当官,但社会不断在发展,如今,当官的形象在老百姓心目中已经变样了。

某年的5月15日(农历四月廿五日),本人去参加一老同学的儿子的结婚晚宴,一批同学见面时拍手掌抱胳膊脖子打哈哈,谈天说地,共叙单位及身边之新闻趣事,好热闹,好开心。同学之间无贫富无贵贱无等级之分,气氛融洽。两桌20多个人,笑声一浪高过一浪。形成鲜明对比的是坐在旁边另一桌的那个"官"同学,他身边是两三个生客,整桌冷清清的,他木然地坐在那里,我当时实在为他感到悲哀。

诚然,如果他肯放下架子主动走到同学的这一桌子里,同大家聊天,不是很好吗?可惜他"官威"太重,实在放不下身段。此情此景,究竟谁更难堪呢?

在平民百姓的眼中,很多官员不是靠实力当选,"公仆"形象消失,因此,"当官不为民作主,不如回家卖红薯"了。再者,不少官员贪腐思想严重,以权谋私,损害了许多人民的利益,故便没有了钦佩、尊重可言。这批同学不是你的下属,即使是你的下属,你帮他时要"钱",有事求你时更需要"钱",同你没有共同语言,大家有必要同你打招呼吗?睬你才怪呢!

不惑之年好困惑

残阳如血,深巷如笼。腿脚像注了铅,我拖着沉重的步子走在回家的路上。单位的事务已压得身心喘不过气来,现已渐近家门,"港湾"能让"航船"平静"泊岸"吗?

岁近不惑之年,我越来越感到困惑了——做男人真难啊!

曾经,有一位女明星说:做女人难,做名女人尤其难!我切身感受到,虽说做一名成功的男人不易,可就是要做一个普通的男人也很难!男人的伟大是从事业中体现出来的,可是,有多少人能在事业上取得辉煌成就?事业的挫折、前途的暗淡、工作的平淡,气自然就壮不起来;只有胸怀大志,而两手空空,腰杆就挺不起来。

记得一位名家说过:女人靠征服男人来征服世界,男人靠征服世界来征服女人。既然在外面征服不了世界,现在要回家了,又如何面对在贫困线上挣扎的家庭?因而就无法征服家里的女人,自然就成了"磨心①"——

---

① 磨心,石磨中心。比喻上受父母责骂,下受妻子儿女怪怨的人。

红尘偶记

未进大门口,母亲就数落起"你老婆"的不是;当拖着疲惫的身躯靠在卧室的沙发上,妻子就骂起了"你家里这个老不死的"。战争硝烟常常弥漫家庭。

为了家人的团结、和睦,为了家丑不外扬,为了人财平平安安,只能强装笑脸,搓圆压扁,两头受气。

人到中年,一家重担肩上挑。父母老了,要赡养;儿女还小,要抚养、供书。一旦哪个身体不适,就要疲于奔命、担惊受怕。自己的身体出问题,只有自己解决,或者拖着,或者隐瞒着。千万不能倒下呀,一倒,天就要塌下来了。

在外边闯荡,有多少时候能顺心顺意?苦的辣的,只有往肚里吞,不愿带回家中让亲人知道而为自己担忧。可是心烦意乱是能够什么时候都掩饰得过去的吗?偏偏这个时候,"后院"起火,"港湾"起风浪。

"你一回到家就虎起脸,从来没有一个笑容,坐在那里一根根抽闷烟,看这不顺眼那也不顺眼。你有工作,我也有工作,我忙了外的还要忙里的:买菜、做饭、洗衣、看小孩,做死做活却得不到你一句好话,问十句你不应一句。呜……

"你看你的邻居阿光,一回家就帮老婆干这干那;

"你看你的同学阿辉,现已升任局长了;

"你看你的旧友阿灿,现在家产上千万了;

"你看你的同事阿烂,开着宝马满街上跑……"

鬼叫你无本事吗?

做男人真难啊,特别是做不顺意的男人更难!此时的眼泪也不能轻弹,只能在眼眶里转。

不惑之年好困惑

不管"港湾"是平静还是风高浪急,航行了一天的船还是要停泊一会的。明天,太阳照样从东方升起,地球照样地转,因而,我不能伤心怄气,还要养好精神,迎接新的一天。

怀念母亲

每逢节日回老家拜祭先祖时，或在寂静的夜晚一人独处时，就情不自禁地想念起母亲来。母亲的身材中等偏高，身体结实，国字脸偏瘦，听老一辈人说，年轻时候是个漂亮的村姑。她是个地地道道的农村妇女，善良勤劳、热情大方，村中邻里不管谁家有事，都有求必应。她还有男人大丈夫的气概和能力：所有的农活，无所不会；为了生计，敢闯敢干。用家乡的话说，她认定的事情，为了达到目的，穿州过省也不怕。农闲时就会拿着"狗甩"（一种捕鱼工具）或鱼罩到野外的池塘中、水渠边捉虾捕鱼，担着畚箕拿着禾镰割草挣工分。她憎恨懒惰的人，喜爱聪明能干的人。我至今还清楚记得她教的儿歌《人生两件宝》：

狗甩

怀念母亲

人生两件宝,双手和大脑。
用手不用脑,徒劳做不好;
用脑不用手,空想办不到。
手脑同时用,才能有创造。

童年时代,那是一个饥饿的年代。母亲白天忙了生产队的农活,常常又在夜晚点着煤油灯,在家里结麻绳(吴川人说"搓索"),揾一些经济收入。我便拿来小凳子坐在旁边,看有什么可以帮得上忙的。这个时候,母亲便给我讲一些名人机智故事、神鬼仙狐故事,也讲一些谜语给我猜,以开拓我的视野,启发我的思维。其中一条"扫帚"谜语,给我的印象最深,至今还清晰地留在我的脑海里:

我在山上高悠悠,
你斩我回家睡角头①,
有鱼有肉冇我份,
拖泥拖涩在我身丘。

也许是因为当时的年龄的确太小,我猜不出是什么,母亲便笑着提示说:"我们家里就有,你看看乜东西整日冇得吃,从朝做到晚,累到满身泥涩,晚上还要睡在屋角头?"
"扫帚?"

---

① 角头,方言,房屋的墙角。

红尘偶记

"对呀！你看，它原来的命运不是这样的，生长在山野外，有几风流潇洒，自由自在！它们就是不思长进，长到一米多高就飘飘然了，随风飘摆，没有骨气，没有志向。"母亲深邃的目光望着门外漆黑的夜空，像是对我说，又像是喃喃自语："它们比不上那深山老林，那些大树即使是生长在岩石缝里，环境恶劣、土壤贫瘠，也一味地往上长，长成参天大树，成为有用之材。"

虽然那时我还未能理解母亲这话的深意，但是后来我也没有陷落到"拖泥拖涩"的地步，这与母亲的教育和鼓励有很大的关系。

怀念母亲

  目睹当今不少年轻人整日只会吃喝玩乐，无心向学、不思进取、胸无大志，他们能逃脱"扫帚"的命运吗？

  不管是过去还是现在或者是将来，穷人，特别是农村的穷人，要改变命运，读书是一条最好的路子，虽然不是唯一的路子。母亲自然很明白这个道理。

  她从没有进过一天学堂，但非常敬佩有文化、有学识的人，在幼小的时候，就关注我的读书学习。她对知识文化的追求和崇拜是其他农民母亲不可比拟的。她出生于民国时代，由于贫穷和战乱，失去了读书的机会，只有把这心愿寄托在我的身上。她对我的读书学习要求非常严格。每当放学回家，她都要问我在学校里又学到什么新的东西。凡是干些与读书学习有关的事情，她都给我开绿灯，所有我该干的家务和农活都给我免了。读小学二年级的时候，每周开一节珠算课，那时正碰上"文化大革命"运动刚开始，很多课程已名存实亡，母亲便给我买来算盘，请求村里的生产队会计在晚上来到家里教我珠算。现在，虽然电子计算（电子计算器、电脑统计、手机计算）已基本取代了珠算，但是，至今我的加减乘除珠算打法一直忘不掉。

  母亲是一个非常节俭的人，对我的俭朴，要求也是很严的，在村中"悭己冇悭人"出了名，但只要我在学校需要钱，比如买学习用具，学校组织去县城看电影，或外出参观等，她从不问多少和原因，即使挨饿也满足我。

  母亲对我没有半点的溺爱，除非上学读书，一切的家务和农活都要参加。星期六下午和星期日不用回校了，就要跟着她耕田。周日早上，因年少爱睡懒觉，母亲不买账，早上

 红尘偶记

天蒙蒙亮,她就走到房门口大叫:"日头(太阳)晒屁股了,起床出田垌做工啰。"担粪屎,栽番薯,插秧,拔黄麻……她干什么,我就要跟着干什么。有时候装作听不见,继续睡,她叫两三次后便骂开来:"咁样睡懒觉,天落下来,人也拾去了,有物畀你?""大懒虫,点(怎么)揾吃?"现在回想,要不是年轻时有母亲近于苛刻的管教,我能有这强健的体魄?能在风雨和大浪中一路健步地走过来?

今天,本人虽没有大富大贵,不过也活得像个人样,这与母亲的人格和精神影响是分不开的,特别是她的教育。

衷心感谢母亲!

进城随感

一个国家不是靠玩弄金融数字游戏就能够强盛的,定要耕者有其田,工者有其厂,粮食物产丰富,人人得以共享劳动成果,这才叫国强民富。一个人不是靠耍心计就能够发财致富的,定要学会知识技能,才能勤劳致富,才能立足于世界。可是,自从20世纪90年代以来,我们的社会却不是这样了:中国开始学西方玩股市了。有人买入股票,没隔多久,竟然就得到几倍甚至十几倍的回报,于是,我身边的一些在深圳打工的人就回家收集村中老百姓的身份证去买股票①。国有企业改革,国家、集体的财富改入私人的腰包里;一间间玩钱的基金会(月息2%)如雨后春笋诞生了;农田包产到户,包成了大块荒地。我当时总想不明白,这样下去,我们吃的粮食从哪里来?我们的生活用品从哪里来?后来更有甚者,一群群青少年无心向学,不学无术,好吃懒做,我当时心中就想,到父母无法养活他时,他怎么生存?此外,还

---

① 股市在深圳刚出现时,买股票风险低,个股涨比跌多;再者,很多人也缺少风险意识。

红尘偶记

目睹了好多社会乱象：搞黑社会的，抢劫的，偷盗的，诈骗的，碰瓷的……

2016年5月的某一天，因一些事务要到省城办理，空隙之时随一老总参观其工厂，感触甚深。我原本以为勤劳善良、艰苦奋斗的传统美德已远离我们而去，原本以为只有我们在往日经历过"数九寒冬冷刺骨"和"锄禾日当午，汗滴禾下土"的艰辛，到工厂参观后发现，今天的这一批年轻的劳动者不一样得像我们那样艰苦创业？此时此刻，我又开始重拾信心了。

这是一间皮革加工厂，占地面积近千平方米，一二三层皆是生产车间。当时正值夏至前后，天气炎热，车间里没有空调，只有几把牛角扇在转，工人们聚精会神地在自己的机器旁劳动。他们汗流浃背，上班时间从早上7时到晚上6时，中午只有一个小时吃饭，要连续上班十个小时。走出厂门之前，我同一个工人聊了两分钟。

"你好。今年多大了？家乡在哪里？"

"刚高中毕业，家住贵州省××县。"

"这样炎热的天气，这样长的劳动时间，你吃得消吗？"

"比起在家种田，轻松得多了。"

"每月的工资有多少？"

"按件计酬的，一般有4000到6000元。"

"除开工作和休息，基本没有其他的娱乐活动时间了吧？"

"我们是出来打工的，为的是创造财富，娱乐能当饭吃吗？"

我的内心震撼了,这便是中国千千万万劳动者的心声!这支劳动大军秉承着我国优良的传统美德,吃苦耐劳,任劳任怨,辛勤劳动创造着自己的生活,勾画着美好的未来蓝图。"创造财富"不但是个人的目的,更是一个国家的目的。财富从哪里来?靠劳动者的双手创造。每月5000元的工资,在珠江三角洲,是很低的。而我们国家的建设和发展,正是靠这样一批一直战斗在生产第一线的默默无闻的劳动者的无私奉献。庆幸的是,我们的国度,还有这千千万万吃苦耐劳的劳动者,他们是国家的脊梁。今天的社会存在的问题确实很多,如戏子当道,英雄落泪,等等,但是,我们坚信,聪明、勤劳、善良的中国劳动人民一定能把它们克服。

毛泽东主席在《在延安文艺座谈会上的讲话》中强调说:"我们的文学艺术都是为人民大众的,首先是为工农兵的,为工农兵而创作,为工农兵所利用的。"我们的文艺市场和传媒活动应回归正统了,应当把工农兵作为英雄主体来颂扬,宣传"劳动光荣"才是国强民富的正确方向。

不做贾平凹笔下那五类作家

上午,到教育局召开一个创建"教育强镇"工作会议。会议结束后步出教育局大门口,偶然碰见一个曾经教过的学生,闲聊了一会儿。他原在某一中学从教近二十年。他说刚调到教育行政部门一个月。自己的学生有所作为,而且在不断地进步,我很高兴。说到近况时,他说他正着手写一部《正盛英豪传》,构思和写作已有两三年了。于是就拿出他已写完了的两章打印稿送给我。打印稿的第一页已拟好十二章的题目,他说准备写10万字,他笑着对我表示:他对文学和历史的研究很感兴趣,以后会继续从事写作。我被他专注写作和潜心研究学问的精神所感动。

但是,我也很感慨。我也算是个文学爱好者,从20世纪80年代初就开始玩这东西了,虽然偶尔有几篇"豆腐块"在省市一级刊物发表,也只能算作闹着玩的把戏。我印象最深的是1986年的那一次写作经历,当时,改革开放已经几年了,官场上的腐败现象也初露端倪,我写了一篇作品,题目是《孙悟空别传》,文章体裁叫"故事新编",从小说的写作手法上说叫"穿越",内容是写孙悟空在改革大潮中的曲折

不做贾平凹笔下那五类作家

遭遇：他在天宫节节受挫，最后还是不得不回花果山开创水果种植事业。我花了半年多的业余时间写作和修改，先后寄给省市级报刊近十次，都石沉大海。心冷了，就放在一边了。到了年末，文化局发来通知说：湛江市的业余文艺创作评奖活动开始了，要求每个县选送一些较好的作品参评。文化局召开会议鼓励全县的业余作者积极创作。我便随手拿起《孙悟空别传》送上去。结果，我的这篇东西居然获得了二等奖，我当时的心情说不上是高兴还是心酸。

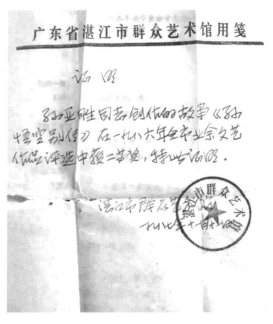

因获奖证书遗失而补办的证明

红尘偶记

后来在一个湛江举办的文艺创作研讨会上，时任湛江民间文艺家协会主席的金诺同志对我的作品作了评论。他说："文艺创作要跟上时代的步伐，表达主题的语言和内容要有新意，像×××写的《孙悟空别传》，结尾与我市'两水一牧'①的改革方向相呼应，作品针砭时弊，细节描写也很精彩，如'一健将接着说："是呀，大王想改行，你在宫廷中有什么故旧或者亲戚吗？"悟空苦笑着说："老弟，你莫要拿我开玩笑了呀。我是集天地之灵气而生，一块石头变成，哪有什么亲戚？出世就同大家一起玩耍，同官场哪来旧友？"一下子，个个都想不出好计来，只能是各自喝闷酒'。'一块石头变成'非常切合悟空的身份，又写出了他的无奈。还有，在写到悟空拜见须菩提祖师时说：'这套处世学问是懂得了，可是这种学问我如何用得好？我这金睛火眼辨妖识怪倒是轻而易举，但是如何会察言观色呢？'语言切实生动，很有感染力。"我听了非常感动，一个从未谋面的文艺家、领导，对无名之辈的作品的研读和评价是如此细腻、准确，是多么难得啊！我又重新燃起写作的烈火。

如今，像这样的编辑、领导还有多少？特别是自21世纪以来，"文章不值钱"，随着电视、电脑以及电子技术的迅猛发展，文艺杂志和报纸的市场衰退迅速，愿意花钱买纸质文艺作品的人寥寥无几。在文艺创作这个活儿上揾口饭吃真是难过登天。鉴于自身的情况，我便对我的学生说："写作可

---

① "两水一牧"，是20世纪80年代广东湛江改革之初的发展战略，即"水产、水果和畜牧业"。

不做贾平凹笔下那五类作家

是清苦活啊,甚至有时是吃力不讨好的。"他坦然说:"没关系,×××是我们吴川人,他是反清义士,他一生的经历曲折感人,我一定要把他的事迹写出来。"他看到我不解的神色,补充说:"我并不靠写文章养家糊口啊。"我再次被他的专注和不为名利的精神所感动。是啊,我现在不也是在闲暇之余继续创作吗?我也不是靠写文章养家糊口啊!兴趣所致,写作就成了一种艰苦却快乐的劳动!

此时,我想起了20世纪90年代初读过的贾平凹的小说《废都》中的一段话:"一等作家政界靠,跟上官员做幕僚。二等作家跳了槽,帮着企业编广告。三等作家入黑道,翻印淫书换钞票。四类作家写文稿,饿着肚子耍清高。五等作家你潦倒了,×擦沟子自己去把自己操。"我默默祝福我的学生,但愿你能从创作中找到快乐,为你的理想而奋斗,写出你的上乘之作,奉献给世人以优质的精神食粮,不做贾平凹说的这五种人。

写下此文与文艺爱好者共勉。

高考独木桥

2018年的高考放榜了,有一个朋友的儿子今年参加高考,考得不理想,当晚,他忧心忡忡地来找我,问我如何是好。我笑笑说:"你应该先问问你的公子如何是好。"为人父母,关心儿子,担忧儿子的前程,我很理解。

我是1977年恢复高考第一年参加高考的一员,当年落榜,于次年再考,才搭上末班车。一直在教育战线的前沿阵地上拼搏,目睹中国教育走过了四十年的风风雨雨。于是,我同他就今天的高校状况及当今的中国劳动市场需求情形做了分析,告诉他,只要他儿子醒目①和勤劳,一定会闯出自己的广阔天地,不一定就要读大学,让他乐观面对现实。

是的,每年的高考都牵动着千家万户,放榜的时候,便有人欢喜有人愁了。高考是一座通向有档次大学的"独木桥",这座"桥"的确能让很多寒门子女走上光明大道。至今为止,也只有这座"桥"阳光、正直一些,所以,每年便

---

① 醒目,粤语方言,意为"头脑灵活"。

高考独木桥

有千军万马一齐来挤钻。但是"金榜题名"的毕竟是少数。早些年听谁说过:"读大学是平民百姓家庭的儿女们最好的出路,但不是唯一的出路。"这是非常有哲理的一句话。真的,能趁年轻学到更多的知识技能总比不能学习要好。但是,今天是一个多元化的社会,"三百六十行,行行出状元",只要努力,什么时候、什么地方不可以继续学习深造?

我奉劝各位落榜学子,调整好自己的心态,黑夜始终会过去的,明天的太阳同样从东方冉冉升起,相信明天定会是一个阳光灿烂的日子。

记得1977年恢复高考的时候,有个落榜生写了一首打油诗:

风雨凄凄又一科,今科不中奈谁何?
我欲投河河已满,不如偷生对酒歌。

这小伙子的无奈和自我安慰精神值得那些刻意追求而又放不下包袱的人们学习。请相信"天生我材必有用"!

如果觉得自己还可以,就明年再来一次吧。如果无心恋战,就投身到社会的大潮中,相信总有一席之地是适合你施展才华的。

最后,我对朋友说:"如果是二十年前,肯定是鼓励你

 **红尘偶记**

儿子再拼搏多一年。但是今时不同往昔,高校形形式式①,就业的机会又很多,顺其自然吧。"正所谓:

条条大道通罗马,朵朵葵花向太阳。

写下只言片语,赠予天下落榜者。

---

① 形形式式:各式各样。

后　　记

本人的人生有点遗憾，就是青少年时期读书学习时间少。在学校读书时，常走出校外学工学农，小学到高中的黄金时间很少能静下来坐在教室里面读书学习。幸运的是，1977年10月，全国高考恢复，能有机会考大学。当时还是开卷考试，只可惜肚中真无点墨，当年落榜了。

心有不服，便拼命复习初中、高中的功课。那时各中学已兴办起高考补习班，本人因为家庭贫穷，无钱交补习费，只能够白天参加生产队的劳动，晚上点起煤油灯在家里做起这套向同学借来的《政治语文数理化复习资料》，1978年再考，终于有幸能搭上末班车，考上了师范。

在读师范的两年中，我如饥似渴地阅读了大量的古今中外名著，对文艺作品的欣赏和写作产生了浓厚的兴趣。参加工作后写出第一篇短篇小说《爱的梦》，于1981年1月发表在县级刊物上。以后便在工作之余偶尔写写。到今天，属于小说故事类的"豆腐块"也有10多万字了，每一篇作品都留下了时代的足迹。热心肠的朋友曾多次鼓励我结集出版。于是，偶有空闲，便着手做了选编和整理工作，能拿得出来

 红尘偶记

见众的便是这本小集子中的几十篇东西了。

本书分三个部分：①红尘志异，②民俗故事，③浮生琐记。"红尘志异"是用小说的艺术手法刻画身边人物形象、记述身边发生的事情；"民俗故事"是搜集整理民间流传的古代经典故事；"浮生琐记"是笔者亲身经历的一些事情，属纪实散文。"红尘志异"和"浮生琐记"皆按时间顺序从童年的20世纪60年代一直写到21世纪的今天。从20世纪六七十年代到八九十年代再到21世纪，每一篇作品都是社会发展进程中的一个音符，展示当时的社会风貌，反映当时的人文精神，是本人近50年来"品味人生故事，小说世态民情"的结晶。相信本书能荡涤污垢、吹来清风，给读者朋友送来一些可口的精神食粮。

本书的问世，得到一些老同学、老朋友的热心支持和帮助，他们对本书的编辑出版提出了很好的建议。吴川政协文史提案科原科长、作家、诗人凌世祥老先生对本书内容提出了许多宝贵的修改意见，并为本书题辞。雕画艺术大师张启华先生，美术老师孙春夏、孙玉芹小姐，诗人杨旭先生为本书绘制了精美的插图。洪土寿老师为本书稿的图文电子技术处理做了大量工作。关心帮助本书出版的还有浅水中学1993届（1）班部分同学（芳名见《鸣谢》）。有他们的精神鼓励和帮助，本书的编辑出版才得以顺利完成，在此表示衷心的感谢！

由于本人文思愚钝、文笔粗糙，所写的东西难免存在缺点甚至谬误，恳请广大读者朋友批评指正。

2019年12月13日

鸣　谢

　　本书的编辑出版得到浅水中学1993届（1）班同学的支持和帮助，特此鸣谢！

柯华养　曾宪清　李炽焕　李晓英　陈燕飞　吴叶青
柯喜钊　曾宪锋　柯土娇　柯宇田　李　郁　柯燕红
吴烈娟　林思玲　柯日光　吴厚盛　柯华有　李春宇
柯春平　李志勇　李水河